リバース

五十嵐貴久

幻冬舎文庫

リバース

目次

「これは悪い兆しなんだ」
（オスカー・ワイルド『ドリアン・グレイの肖像』）

プロローグ　長野

三月、長野の春はまだ遠かった。

蔭山康則《かげやまやすのり》は白髪交じりの顎鬚《あごひげ》に触れながら、周りを見渡した。信越本線、槇原《まきはら》駅のホームには大勢の子供たちがいた。顔を真っ赤にしながら泣いている子、大声で泣きながらお互いの肩にすがっている子。

その真ん中に立っていたのは、おさげ髪の頰の丸い少女だった。腕にしがみついてくる子供の頭を撫でながら、言葉をかけている少女の目も赤くなっていた。

幸子《さちこ》、と蔭山は名前を呼んだ。神父様、と駆け寄ってきた少女を見つめながら、良かったのだろうかと胸の内でつぶやいた。幸子のような純朴な娘を東京へやることに、迷いがあった。

幸子は何も言わず、微笑んでいるだけだ。先週高校を卒業したばかりの十八歳だが、二つ三つ下に見える。まだ表情は幼い。還暦を迎えたばかりの蔭山にとって、孫も同然の娘だった。

　ギンガムチェックのブラウスに厚手の長い毛織りスカート。手編みのマフラーをぐるぐる首に巻き付け、その上から蔭山が十年以上着ていた古いメリヤスのコートを羽織っている。背が低く、小太りの幸子が、大柄な蔭山のコートを着込んでいると、指の先まで袖が余っていた。

「昨日も話したが、このまま村にいてもいいんだよ。信者の人たちもそうすればいいと言ってるし、子供たちだってこんなに寂しがっているじゃないか」

　お姉ちゃん行かないで、と数人の子供が手を伸ばした。ごめんね、と幸子がその手を握ったまま、東京に行きたいんですと蔭山を正面から見つめた。

「今のまま村にいても、これ以上勉強するのは難しいとおっしゃったのは神父様ですよ。なるべく早く帰ってきますから、心配なさらないでください。これでも幸子はしっかりしてるんです」

　真面目な子だと、蔭山にもわかっていた。両親を早くに亡くした幸子を、村の教会に引き取って育てた。他に十人ほどいる子供たちの姉代わりとして、熱心にその面倒を見ていた。

　人柄は誰よりもいい子だ。だが、だからこそ東京へ行かせるのが心配だった。

　駅のホームに停まっている列車の前で、駅員が笛を大きく鳴らした。出発の合図だ。体に気をつけるんだよ、と蔭山は幸子の肩を軽く叩いた。

「何かあったら、すぐ戻ってきなさい。みんな、幸子のことを待ってるから」

手紙を書きます、と幸子が足元の古いボストンバッグを抱えた。

「ありがとうございます、神父様。何から何までお世話になりました」

そんなことはない、と蔭山は首を振った。東京へ行くというのに、この子が持っていく荷物はこれしかないのか、と哀れに思った。幸子が列車のステップに足をかけて振り返った。

「みんな、神父様のお言い付けを守るんですよ。お姉ちゃんはお盆の頃戻ってくるから、いい子にしていないと駄目だからね」

おどけた言い方に、子供たちの間から笑いが漏れた。蔭山は手を伸ばした。

「気をつけなさい。東京は村と違う。何があるかわからない。いいかね、困ったことがあったら――」

発車のベルが鳴り、乗り込んだ幸子が自分の席に向かった。その姿を目で追いながら、蔭山は司祭平服の黒いスータン姿でホームを数歩走った。

周りで子供たちが何度もジャンプしている。危ないから止めなさい、と幸子が窓を開けた。

「みんな、元気でね」

列車が速度を増した。子供たちが蔭山を追い抜き、ホームを駆けていく。口々に幸子の名を呼びながら、大きく手を振った。幸子の顔がくしゃくしゃになり、涙が頬を伝っているのがわかった。

「みんな、神父様の言うことを聞くのよ。タケトもモモちゃんも、寂しい時は賛美歌を歌ってね。キヨもナオミも……」

お姉ちゃん、といくつもの声が重なった。窓から身を乗り出して手を振っていた幸子の姿が見えなくなった。

ホームの端まで走っていた子供たちが泣きじゃくっている。帰ろう、と蔭山は声をかけた。列車の警笛が聞こえた。

美しい夕焼けの中、列車が走っていく。まるで宗教画のような光景だった。すごい真っ赤だね、とマサキチが言った。

「真っ赤で、おっかねえ」

つまらないことを言うな、と蔭山は少年の頭に手を置いたまま顔を上げた。

見たこともないほど、空が赤く染まっていた。

一章　春

神父様

幸子です。本当に本当に、ありがとうございました。何だかすごく目まぐるしいことばかりで、きちんとお礼を言うこともできず、申し訳ありません。

高校を卒業してすぐ長野を発たなければならなくなるなんて、幸子も思っていませんでした。決まる時には、いろんなことがバタバタと決まるものなのですね。

とにかく、無事東京に着きました。ご安心ください。

本当に、神父様にはお世話になりっぱなしでした。五年前、事故で両親を亡くした幸子を教会に引き取っていただいたこと、中学を卒業して、働かなくてはいけなかったのに、神父様のお声がけで高校に行けるようになったこと。教会に住まわせていただき、勉強も教えてくださいましたね。

おかげで高校を卒業することができました。そればかりか、東京へ行きたいという願いまでかなえていただきました。本当に夢のようです。

どれだけ感謝しても足りません。せめてものお礼に、これからたくさん手紙を書かせていただきたいと思います。

東京に着いたのは昨日の夕方でした。よく考えたら、幸子はほとんど長野を出たことがありません。修学旅行で京都へ行きましたけど、七時間も電車に乗るのはあれ以来です。ちょっと疲れましたけど、何しろ東京ですからね。

東京の大学に通われていた神父様にとっては何でもないことかもしれませんけど、幸子は初めての東京です。アイドルのヒメノちゃんがいる東京！　槇原村とは全然違いました。教わった通り、篠ノ井で乗り換えて新宿に出ました。山手線に乗り換えなければならなかったのですけど、新宿駅の広いこと！　迷ってしまいました。

でも大丈夫です。親切な駅員さんが丁寧に教えてくださいました。東京の人は冷たいと言いますけど、そんなことはありません。とても優しくしてもらいました。

新宿からひと駅で代々木に着きました。東京って、電車がたくさんあるのですね。駅の公衆電話から電話をかけると、神父様に紹介していただいた家政婦協会の桑原清美《くわはらきよみ》さんという方がすぐ迎えに来てくれました。

清美さんはちょうど五十歳で、家政婦協会の部長さんだそうです。少し厳しい感じがしますけど、気さくな方だとすぐわかりました。これからいろいろ教えていただくことになるのでしょう。

家政婦協会の事務所は代々木駅から歩いて七、八分の建物に入っていました。隣は代々木明神ゼミという予備校です。神父様も昔、通われていたのですよね。

代々木は予備校の町だと聞いてました。そういえば、学生さんがたくさんいたように思います。

事務所でお茶をいただきながら、清美さんと長谷野《はせの》所長さんに履歴書をお渡ししました。

蔭山くんから聞いていますよ、と所長さんがにっこり笑っていました。

神父様とは医大の頃ご一緒だったそうですね。自分も蔭山も、結局医者になれなかったなあ、と懐かしそうにおっしゃっていました。

幸子は両親が亡くなっていること、神父様のお世話で教会に住み込ませていただいたこと、高校は信徒の皆さんの寄付で通っていたこと、もちろん教会の信者であることなどを話しました。その辺りの事情はお二人ともご存じだったようで、これといった資格、免許などがないことも知っておられました。

田舎娘の身の上話ですが、苦労したのねと清美さんがうなずいて、自分も千葉の漁村の出だからよくわかる、とおっしゃいました。そういう子が東京に出て働くとなると、家政婦が一番いいということでした。

所長さんは用事があるとかで、その後清美さんからお仕事についての説明がありました。働くのは雨宮《あまみや》様というお医者様のお宅です。住所で言うと渋谷区の広尾だと、東京の地図を片手に清美さんが教えてくれました。

広尾というのは高級住宅街だそうです。しかもお医者様のお宅です。初めての幸子に勤まるのでしょうかと質問すると、大丈夫大丈夫と幸子の背中を何度か叩きました。雨宮家には、今までにも何人か協会から家政婦が派遣されていたけれど、とても優しくて、働きやすいお家だそうです。

旦那様は外科のお医者様で、麻布というところでクリニックを経営しておられる方です。奥様はお花を教えていらっしゃると伺いました。もうすぐ小学六年生になる双子のお嬢様がいるそうです。幸子は子供が大好きですから、とても嬉しく思いました。

本当は雨宮様の家で働くはずじゃなかったの、と清美さんが教えてくれました。四月から、渋谷にある建設会社に住み込みで雇ってもらう予定だったけれど、雨宮様の家で働いていた家政婦さんが急に辞めたので、代わりを探してほしいと頼まれ、それで幸子が選ばれたというのです。

とても運がいいと清美さんはおっしゃいました。建設会社には何十人も男の人がいて、その世話を一人でするのは大変だけど、雨宮様のお宅なら仕事もそれほど忙しくないだろう。旦那様も奥様もとてもお優しいし、子供たちも可愛い盛りで、お金持ちだからお小遣いもいただけるでしょう、運がいいというのはそういう意味ですとおっしゃいました。これも神様のおかげですね。感謝します。

家政婦の仕事というのがどんなものなのか、幸子はよくわかっていません。五日間、協会で研修を受けるように言われました。言葉遣いとか基本的な仕事の内容とか、そういったことを教わるのだそうです。

研修が終われば、雨宮様の家に伺い、旦那様と奥様にご挨拶します。何もなければ、正式に雇っていただけるということでした。幸子はすぐ緊張してしまう性格ですが、うまくいけばいいなあと思いました。

清美さんからは、東京の地理も教えていただきました。雨宮様のお宅は地下鉄の広尾駅から遠いので、バスの乗り方が大事です。バス会社によって、乗る時に料金を支払うのか、降りる時に払うかなど、やり方が違うそうです。村のバスとは違いますね。

雨宮家には家政婦用の部屋があるそうです。住み込みで働ける家を探してほしいという幸子のお願いを、神父様から協会に伝えていただきましたが、その通りになったのです。

高校を出たばかりの幸子に、東京で一人暮らしできるお金はありません。あったとしても、アパート暮らしはあまり気が進みません。住まわせていただいて、働かせてもらえるなら、それ以上のことはないのです。希望がかなって、本当に運がいいなあと思いました。

幸子は働いて、お金を貯めて、いずれは専門学校か短大に行きたいと思っています。勉強して、保母さんの資格を取るのが夢です。

なるべく早く村に帰って、子供たちに教えたり、お世話をすることができるようになりたいです。まだ最初の一歩も踏み出せていませんが、頑張って夢をかなえたいと思います。

神父様や教会の子供たちに会えないのがとても寂しいですけど、何年か後には必ず戻ります。それまではこんなふうに手紙を書いたり、電話もしたいと思います。東京の大学に通われていた神父様に、少しでも学生時代のことを懐かしく思い出していただければ嬉しいです。

お忙しいのは重々承知してますが、ぜひ神父様も東京にいらしてください。長谷野所長も、神父様に会いたいとおっしゃっていました。その時は幸子が東京を案内しますね。では失礼します。


神父様、東京は春の訪れが早いですね。街を歩いている人の装いがとてもオシャレで、テレビドラマを見ているようです。

今日、広尾の雨宮様の家に伺いました。清美さんと一緒に渋谷からバスに乗ったのですが、大丈夫だと思うけど、旦那様か奥様が、幸子と会って気に入らないということがあるかもしれない、と少し心配そうでした。

それは仕方ないと思います。お給金を払われるのは旦那様と奥様ですから、気に入らない家政婦を雇うのはお嫌でしょう。

しかも住み込みですし、お嬢様方のお世話も仕事のうちに入っています。気に入らなかったら、はっきりおっしゃっていただいた方がむしろありがたいですと言うと、それなら気が楽だけど、と清美さんは苦笑いを浮かべておられました。

神父様は広尾をご存じでしょうか。幸子は知らなかったのですが、とても素敵な街です。バス停で降りてしばらく歩き、住宅街を抜けると、細い川を越えた小高い丘の上に、一軒だけ家がありました。それが雨宮家でした。

とても大きくて、びっくりしました。村にも広いお家はありますけど、平屋の農家です。雨宮様のお宅は、洋館というのでしょうか。一度長野の映画館で見た、フランス映画に出てくるような家です。

二階建てで、壁はツタとツルバラで覆われていました。茶色い壁と白い壁が交互に組み合わさっていて、ヨーロッパのお屋敷というのはこんな感じなのかもしれません。

清美さんと門から入っていくと、玄関まで十メートル以上もありました。庭がとても広いです。庭師も入っているのでしょう。そこかしこに花壇があって、とても美しい庭です。

出迎えてくれたのは、奥様の麗美《れみ》様でした。三十七歳と伺いましたが、信じられません。とてもお若くて、おきれいな方です。華やかなバラの花柄のワンピースが、よくお似合いでした。

「あなたが幸子さんね？」

すっと手を差し伸べられました。握手、と清美さんが言うまで、どうすればいいのかわかりませんでした。

慌てて両手で握りしめて、お辞儀をしました。東京の人です。女優さんのようです。背も高く、すらっとしていて、スタイルもいいです。幸子は逆立ちしても奥様のようになれないでしょう。

「主人がテラスで待っていますから」

奥様が案内してくれました。清美さんが雨宮家を訪れたのは三度目ということでしたが、落ち着かないご様子でした。清美さんも東京の人ではありませんから、奥様のような方とお話しすることに慣れていないのでしょう。

外の通路を回っていくと、中庭に出ました。中庭といっても、村の円照寺《えんしょうじ》の境内ほどもあります。

神父様はご存じだと思いますが、テラスというのは家についている、外に面した屋根のある場所のことです。木の椅子が四脚あり、旦那様がそこに座ってコーヒーを飲んでいました。白いジャケット、白いスラックスを着ておられましたが、背が高く、日に焼けた旦那様にとてもよく似合っていました。

とてもあたたかい日でした。用意していたティーポットから、奥様が紅茶を淹《い》れてくれました。映画のワンシーンのようです。

「こんにちは、幸子さん。よく来てくれたね」旦那様の武士《たけし》様がおっしゃいました。「東京は初めてかい？　長野からだと、時間がかかっただろうね」

村に旦那様のような方はいません。四十歳だそうですが、ハンサムで、オシャレで、とても素敵です。スポーツをやっていた方だというのは、ひと目でわかりました。

大学時代はラグビーを、お医者様になられてからはヨットがご趣味だそうです。挨拶もできないでいる幸子に、どうしたのと清美さんが困り顔で言いました。

「あの、お医者様と伺ってましたけど、どうして白衣を着てらっしゃらないのですか」

挨拶より先に、幸子の口から飛び出してきたのは質問でした。村のお医者様、坂中《さかなか》先生はいつだってよれよれの白衣姿です。それ以外見たことがありません。

お医者様といえば白衣、というのが幸子のイメージでしたけど、こんな素敵なお召しものを着てらっしゃるというのは、何か違うような気がしたのです。そう申し上げると、旦那様と奥様が顔を見合わせて大笑いしました。

「たぶん、その坂中先生も、プライベートでは白衣を着てないと思うよ」

旦那様が涙を拭いながら笑っておられました。プライベートというのは、お家では、という意味なのでしょうか。坂中先生は医院でも、往診の時も、子供たちを連れて釣りに行く時も白衣でしたけど、言われてみれば自分のお部屋などではそんなことないのかもしれませんね。

旦那様は外科の先生です。おじいさまの代からお医者様なのだそうです。坂中先生は内科も外科も診られますすと申し上げると、そりゃ天才ドクターだ、とまた笑いました。とても明るくて、愉快な方です。

麻布のクリニックは代診の先生に任せて、午前中は休みを取ったと旦那様がおっしゃいました。働いてもらうお手伝いさんの顔が見たかったのよ、と奥様が背中を叩く真似をして、笑っておられました。

奥様と幸子たちは紅茶を、旦那様はコーヒーを飲みながら、お話ししました。清美さんも言っていたように、ある意味で面接の場なのですけれど、そんな感じは一切しませんでした。なごやかに、おだやかに、楽しくお茶をいただきながら話したのです。

清美さんに言われて、幸子は自分の話をしました。長野県北部の槇原村で生まれ育ったこと、高校を卒業してまだ二週間ほどしか経っていないことなどです。神父様にお世話になっていたことも申し上げました。

「桑原さんに言うことじゃないかもしれないけど、困ってたんですよ」旦那様が清美さんの方に顔を向けておっしゃいました。「前の彼女、中田《なかた》さんだったっけ？　あんなに突然辞められると、こっちもどうしていいのか……」

申し訳ありませんでした、と清美さんが頭を下げました。この家で幸子の前に働いていたのが、中田雪乃《ゆきの》さんという二十歳ぐらいの方だという話は聞いていました。

「本当に困っていたの」奥様が旦那様の肩に手を置きました。「主人の言う通りです。ああいう辞め方というのは、どうなのかしら」

詳しい事情は聞いていなかったのですが、その時初めてわかりました。雪乃さんはどうしても実家の鳥取に帰らなければならなくなったと、書き置きだけを残して出ていったそうです。その節は申し訳ありませんでした、と清美さんが何度も頭を下げました。

「言い訳ではありませんけど、あの子は家政婦協会にも断りなく辞めてしまって、うちも困っているんです。辞めるのは仕方ないにしても、ひと言挨拶があってしかるべきだと……もちろん、それは私共の監督不行き届きです。お詫びすることしかできなくて心苦しいのですが」

　あなたの責任じゃない、と旦那様が微笑みながらおっしゃいました。

「それは彼女の問題で、協会にどうしてほしいとか、そんなこと言ってるわけじゃないんです。ただ、あんまりいきなりだったので、うちとしても困ったなあと」

「でもあなた、すぐに代わりの人を見つけていただいたんだから」奥様が幸子に微笑みかけました。「幸子さんはとても感じがいいし、むしろ良かったかもしれないわ」

　この子のことはわたしが保証いたします、と清美さんがうなずきました。

「この数日間一緒にいて、とても素直で気立てのいい子だとわかりました。田舎の子ですから、気が利かないところもあるかと思いますが、そこはおいおい慣れていけば……」

　知らない人のことを悪く言いたくありませんけど、雪乃さんのそういう辞め方は良くないと思います。辞めるにしても、きちんとお断りしてからにするべきではないでしょうか。

　幸子がそう申し上げると、奥様と旦那様、そして清美さんが声を揃えて笑いました。何かおかしなことを言ったのでしょうか。恥ずかしくなって、熱くなった頰を手で押さえながら、座っているしかありませんでした。

「君の言う通りだ。感じのいい子だね」旦那様が奥様に目配せしました。「どうかな、何か問題ある？」

いえ、と奥様が静かに首を振りました。いくら幸子が世間知らずでも、意味するところはわかります。面接に合格したのです。

それからしばらくして、十一時になったから、そろそろクリニックに行くよとおっしゃった旦那様が立ち上がり、足元に置いていた銀色のアタッシュケースを取り上げました。007の映画でジェームズ・ボンドが持っていたのと同じ感じです。坂中先生のよれよれの往診カバンとは全然違いました。

テラスから直接門に向かわれた旦那様を、奥様と清美さん、そして幸子で見送ることになりました。来た時には気づかなかったのですが、表にガレージがあり、クリニックへは車で行かれるのだそうです。

ガレージのシャッターを旦那様が開くと、二台の車がありました。両方とも左ハンドルの外車です。

幸子は詳しくありませんが、旦那様が乗られたのがベンツだということはさすがにわかりました。真っ白で、太陽の光を反射してきらきら光っていました。

清美さんによれば、もう一台はジャガーという車種だそうです。ベンツが高級車だというのは知っていましたが、ジャガーはもっとすごい車だということでした。神父様は、ジャガーをご存じでしょうか。スポーツカーです。すごくカッコイイです。

運転手はいないんだよ、と旦那様がおっしゃいました。ご自分で運転するのがお好きなのだそうです。

奥様はちょっとご不満そうでした。運転手がいた方が便利なのに、とおっしゃいます。でも、旦那様の気持ちはわかります。ドライブがお好きなのでしょう。もしかしたら、隣村の大地主、安藤《あんどう》さんのようなカーマニアなのかもしれませんね。

気をつけて、と奥様がアタッシュケースを手渡しました。その頰に軽くキスをした旦那様が車に乗り込んで、勢いよくアクセルを踏み込み、走っていかれました。

アメリカ映画、いいえ、フランス映画のようです。自分もスクリーンの中の女優になった気がしました。幸子はとんでもない端役ですけど。

長くなってしまいました。今日はここまでにします。また明日続きを書きますね。おやすみなさい。

神父様、昨日の続きです。どこまで書きましたっけ。そうそう、旦那様をお見送りしたところまででしたね。

その後、奥様の案内で、家の中を拝見させていただきました。改めて、大きな家だとわかりました。清美さんは三度目だそうですけど、目を丸くして感心していました。

まず通されたのは一階のリビングでした。二、三十畳ほどあるのではないでしょうか。窓が大きくて、太陽の光が射し込んでいます。とても暖かくて、ソファで居眠りとかできたら素敵だろうなと思いました。

テーブルとか、マガジンラックとか、置いてある家具もすごくしゃれていて、趣味がいいというのはこういうことなのだろうなと思いました。ファッション雑誌の一ページのようです。

家具は全部イタリア製で、メーカーの名前も伺ったのですけど、覚えられませんでした。椅子一脚が何十万円とか、そんな話をしておられましたが、幸子には想像もつきません。住んでいる世界が違いすぎるのです。

隣は応接間です。リビングと同じぐらいの広さで、そこは主に奥様がお使いになるそうです。近所のお嬢様や奥様などにお花を教えられていると聞きました。奥様は草満《くさま》流という流派の師範なのです。グランドピアノまで置かれていました。

そしてキッチン、お食事を取るダイニングルーム、バスルーム、トイレ。玄関脇の少し小さめのお部屋、ウェイティングルームと言うのだそうですけど、そこも見せていただきました。村の日下部《くさかべ》村長のお家を、幸子たちはお屋敷と呼んでましたけど、この家こそが本当のお屋敷です。

だって神父様、全部のお部屋が板張りなのです。フローリングと言うそうです。日下部村長のお家は畳です。日本の家はみんなそうだと思ってましたけど、ここはまるで外国のようで、これこそがお屋敷と呼ぶのにふさわしいのではないでしょうか。

その後、二階に上がりました。奥様と旦那様の寝室、旦那様の書斎、奥様専用のお部屋。二階にもお風呂とトイレがあります。

そして、幸子のための部屋。四畳半ほどの大きさで、さすがに広いとは言えませんが、自由に使っていいということでした。

教会では子供たちみんなと一緒で、それはそれでとても楽しかったですけど、自分だけの部屋です。ああ神様、ありがとうございます！

幸子の部屋もフローリングでした。アメリカ人のように、靴をはいて過ごすのでしょうか。何だか落ち着きませんと申し上げると、奥様に笑われました。

あなたの仕事は主にお掃除、洗濯、朝食と夕食作りだと言われました。もちろん、雑用もあるのでしょう。お買い物に行ったり、クリーニング屋さんに行ったり、そんなことです。

正直なところ、お掃除は大変だろうとちょっと思いました。家が広すぎますから、一人ですべてをやるのは時間がかかるでしょう。

それに比べると、お洗濯はそれほどでもないようです。この家には旦那様と奥様、そして双子のお嬢様の四人しか住んでおられないのですから、洗濯物の量もたいしたことはないと思います。

食事については、教会で暮らしていた頃、多い時で二十人の子供たちの世話をしていましたから、幸子も自信があります。そう申し上げると、奥様も清美さんも笑っていました。

意外だったのは、奥様がお料理作りをあまりお好きではないとおっしゃられたことです。でも、当然かもしれません。奥様はそんなことをなさる必要がなかったのでしょう。家事は家政婦の幸子がすればいいのです。

最後に見せていただいたのは、二階の子供部屋でした。部屋に入って、息を呑んでしまいました。ピンクで統一されていて、夢の国のようです。

床のフローリングも、ピンクに塗られています。窓にはピンクのカーテン、そして二つある天蓋つきのベッドもピンク。毛布も布団もカバーもピンク。

何てきれいで、可愛らしいのでしょう。綿菓子でできているようです。ここは童話の世界なのでしょうか。

壁もピンクで、シミひとつありません。女の子らしい部屋です。幸子もこんなところに住みたかったですけど、興奮して眠れなくなってしまうかもしれませんね。

二階には広いベランダがあり、デッキチェアというのでしょうか、寝そべることのできる長椅子が置かれていました。旦那様がそこで日光浴をされるそうです。

わたしはしませんけど、と奥様がおっしゃっていました。日焼けしたくないのだそうです。陶器のように真っ白なお肌ですから、日焼けをすると真っ赤になってしまうのでしょう。

それから下に降り、リビングでまたお茶をいただきました。奥様は紅茶がお好きなようで、茶葉が入った数十個の器が食器棚に並んでいましたが、そこから何種類か選んで、ご自分でブレンドされていました。お店のようですと言うと、また笑われました。笑われてばかりです。でも嬉しい。

清美さんと三人で紅茶を飲んでいると、午後になって双子のお嬢様が帰ってきました。お嬢様方のお世話も幸子の役目です。幸子は子供が大好きですから、とても楽しみにしていました。

お二人は西園寺《さいおんじ》小学校に通っていると伺いました。あの西園寺大学の付属小学校で、幸子でも知っている名門校です。

玄関からリビングに駆け込んできた二人の女の子が、幸子を見てびっくりしたのか、立ち止まりました。二卵性の双子ということですから、似てはいますけれど、そっくりというわけではありません。教会に通っていた本田《ほんだ》タケシくんとハヤトくんのように、見分けがつかないことはないのです。あの二人は、お父さんでさえもどっちがタケシくんなのかハヤトくんなのか、時々間違うほどでしたよね。

二人のお嬢様が、幸子のことをじっと見つめていました。お二人とも、信じられないほど美しく整ったお顔で、ひと目で虜《とりこ》になってしまいました。ミュージカルに出てくる子供なんか、目ではありません。

梨花《りか》、と奥様が手招きをしました。双子ですけど、順番があるのでしょう。先にお呼びになったのは、長女だからです。こんにちは、と女の子が微笑みました。

「あたし、梨花」

よろしくね、と首を傾げたその様子は、まさに天使そのものでした。子供らしい好奇心に満ちた愛らしい瞳で覗き込まれて、なぜだか幸子は泣きそうになってしまいました。それほどお美しく、天性の威厳があるのです。

そして、声の可愛らしさは信じられないほどでした。無邪気で明るくて、でも女の子らしく、天使の声ではないかと思いました。

「結花《ゆか》、ご挨拶しなさい」

梨花様がおっしゃいました。おずおずと進み出たもう一人の少女が、同じように、こんにちは、と言いました。

こちらこそよろしくお願いいたします、と幸子は頭を下げました。梨花様の可愛さは周囲を明るくする太陽のようですけど、結花様はむしろ控えめで、月を思わせるものがありました。

梨花様より落ち着いていらっしゃいますが、可愛らしさは同じです。月のようですと書きましたけど、それは梨花様と比べればという意味です。

フランス人形のように目鼻立ちがはっきりしておられる梨花様とは対照的に、上品で慎ましやかで、日本人形のようだと表現すればわかっていただけるでしょうか。とても真面目そうで、きっと頭もいいのでしょう。少しだけ引っ込み思案のように見えましたけど、それは女らしさの表れなのだと思います。

お二人とも美しく可愛らしい少女で、奥様にとってご自慢の娘たちなのだということが幸子にもわかりました。

お二人はお揃いの花柄のブラウス、スカートを身に着けていました。色違いで、梨花様はピンク、結花様はブルーです。

ご自分で選ばれたのか、それとも奥様なのか、いずれにしてもとてもよくお似合いでした。着こなしで育ちのよさがわかるものなのですね。幸子も少しは気を遣わないといけないなと思いました。

お二人は六年生で、身長は百六十センチほどでしょうか。結花様の方が少し高いように思いました。お二人ともちょっと痩せている感じがします。奥様と同じように、スタイルやダイエットに気をお遣いなのでしょうか。

子供はもうちょっと丸々としていてほしいと思うのですけど、長野と東京では考え方も違うのでしょう。都会の女の子は、これが普通なのかもしれません。

ランドセルをソファの上に置いたお二人が、冷蔵庫から牛乳を出して飲み始めた時、玄関でチャイムが鳴りました。先生だ、と梨花様がグラスを片手におっしゃいました。

奥様にお伺いすると、週に一、二回ピアノの先生が来て、お嬢様方に教えているということでした。応接間のグランドピアノは、お嬢様方の練習用だったのです。

後で紹介していただきましたが、ピアノの先生は小柳《こやなぎ》千尋《ちひろ》さんといって、音大を卒業した二十五歳のきれいな女の人でした。お嬢様方は他にも習い事をされているそうで、その送迎なども幸子の仕事になるということでしたが、それはまた説明します、と奥様がおっしゃいました。

奥様は夕方からお花の教室があるということでしたので、お礼を言って雨宮家を出ました。お嬢様方が弾くピアノの音が聞こえていました。

「ねえ、とてもいいお家でしょう」

清美さんがほっとしたように言いました。幸子が奥様、そして旦那様に気に入られたので、安心したのだと思います。

幸子は嬉しくて、興奮していました。東京の、あんな素敵なお屋敷に住み込みで働けるなんて、幸子は幸せものです。神父様、ありがとうございます。すべて神父様と神様のおかげです。

雨宮家で働くことが本決まりになったと知らされたのは、昨日の夜でした。こんなありがたいことがあっていいのでしょうか。今からお祈りをして寝ようと思います。ではまた手紙を書きます。幸子。

神父様、お元気でしょうか。今日、月曜日のお昼、雨宮家に入りました。今は幸子の部屋です。

今日からこの家で働くことになりました。でも、二、三日は何もしなくていいから、落ち着くまでゆっくりしていなさいと奥様がおっしゃってくれました。

ありがたいお言葉に、涙が出そうでした。奥様は美しいだけではなく、それ以上にお優しい方なのです。

お言葉に甘えたわけではなかったのですが、今日のところは自分の荷物を片付けたり、洗濯機やガスコンロの使い方をお伺いするなど、慣れることが先だと思い、そんなふうにして過ごさせていただきました。

村を出て暮らすのは初めてですから、足りないものがあったり、あると便利なものを思いついたり、いろいろバタバタしてしまいました。でも、奥様に教わって近所の雑貨屋さんでタオルや歯ブラシを買ったり、雪乃さんが置いていったカラーボックスにエプロンなどもあったので、どうにかなると思います。

奥様から言われたのは、あまりみっともない恰好で出かけないようにということでした。そうですよね、ここは東京ですから、気をつけたいと思います。

あっと言う間に夕方になり、お嬢様方が帰ってこられました。お二人は学校から戻ると、子供部屋に入り、姉妹だけで遊ぶのだそうです。

いつもそうなの、と奥様はおっしゃいました。少し寂しく思いました。幸子は子供が大好きなので、一緒に遊びたかったのです。

でも、村とは違います。東京の子供には、自分の時間が必要なのでしょう。

小学六年生ですけど、二人とも大人びています。奥様もそれを望んでいるようですし、世の中はだんだんとそうなっていくのでしょうね。

七時過ぎ、旦那様が帰られました。いつもはもっと遅いそうですけど、幸ちゃんの初日だからとおっしゃり、一家揃っての夕食が始まりました。旦那様は大きなテーブルのお誕生日席に、その両隣に梨花様と結花様がお座りになり、向かいが奥様の席です。

奥様は料理をお作りになりません。その代わり、六本木の明治屋さんに注文していたというい くつかの料理が届いていましたので、温めて幸子が給仕しました。

食べたことのないものばかりで、どうすればいいのかよくわかりませんでした。きしめんのような平べったい麺をマヨネーズで和えたようなものは、フェットチーネというそうです。イタリアでは普通に食べるということでした。

神父様、ルッコラって何だかおわかりになりますか？　チコリは？　西洋の野菜で、サラダにして食べるのだそうです。

乾燥タマネギを細かく刻んだものと、ベーコンを一緒にして食べると、とてもおいしくて幸子は感心してしまいました。東京の味です。いえ、外国の味かもしれません。

他にも子羊の骨つき肉とか、エンドウ豆のスープとか、食べたことのないものばかりが食卓に並んでいました。皆様は当たり前のようにフォークやナイフを使っておられましたけど、幸子はお箸を使わせていただきました。とても恥ずかしかったです。

これから練習しましょうね、と奥様がおっしゃいました。そんなことまで教えていただけるなんて、感激です。

お気づきでしょうか、雨宮家ではお米を食べません。奥様はお米を食べると頭が悪くなるという考えをお持ちなのです。ヨーロッパでもアメリカでも、白人は米なんか食べません、これからはパン食です、と軽蔑したようにおっしゃいました。

ああ、そうです。大事な家族を忘れていました。人ではありません。犬です。雨宮家には血統書付きの白いマルチーズ、マロンがいるのです。

毛がもこもこしていて、人懐っこい、とても可愛い洋犬です。ご飯の間、ずっと旦那様の足元に寄り添いながら、ドッグフードを食べていました。

他に、旦那様は熱帯魚を飼われています。動物がお好きなのだそうです。もっといろいろ飼いたいんだけど、自分も忙しいし、麗美が嫌いなんだ、と苦笑いしました。

お家が汚れるじゃありませんか、というのが奥様の言い分です。奥様もおつきあいとかお花を教えたりとか、お嬢様方のこととか、いろいろお忙しいので、これ以上ペットが増えたら困るというのはその通りだと思いました。

マロンと熱帯魚の世話も、幸子の役目ということです。餌は決まったフードがあるので難しくありません。フード以外、何もあげないように、と奥様が厳しい顔でおっしゃいました。

村ではどこの家でもドッグフードで育てたりしません。人間の残り物をあげたり、適当におやつを分けたりしますけど、そういうことは止めるように言われました。

塩分とか糖分が多くて、体に良くないそうです。知りませんでした。村のみんなにも教えた方がよいでしょうか。

夕食が終わると、旦那様はワインをお飲みになるのが習慣だそうです。奥様とお嬢様方はジュースを飲みながら、テレビをご覧になります。

テレビはカラーです。教会にあった白黒の小さなテレビとは違って、画面も大きいし、デザインもすっきりしています。

テレビと言えば、ご夫婦の寝室や子供部屋にも一台ずつありました。さすがに幸子の部屋にはありませんけど、それは当然ですよね。

思い思いの場所にいながら、四人の家族がテレビを見たり、今日あったことをお互いに話したり、そんなふうにして過ごしています。とても美しい光景でした。

キッチンで洗い物をしながら、幸子はそれを見ていました。夢の国の住人になったようで、足元がふわふわしてしまいました。

後片付けが終わったら下がってもいいのよ、と奥様がおっしゃいました。何をしたわけでもありませんけど、気疲れしていたのは本当です。

ありがとうございますと申し上げて、二階の自分の部屋に上がりました。そして、こうやって神父様に手紙を書いています。

朝は六時頃起きて、朝食の用意をすればいいということでした。村では日の出前に起きていましたけど、東京はゆっくりでいいようです。そういうことにも慣れていかなければならないですね。

ああ、お風呂はいつ入ればいいのか、伺わなければなりません。家政婦が一番風呂というわけにもいきませんから。では、今日はこの辺で。おやすみなさいませ。

今日から家政婦としての仕事が始まりました。朝六時に起きて、洗面所で顔を洗い、歯を磨き、それから着替えて朝食の準備です。

神父様もご存じの通り、幸子は料理が大好きですから、はりきって作るつもりでしたが、旦那様も奥様も朝はお食べにならないのだそうです。お二人はコーヒー、紅茶などをお飲みになるだけなのです。

村に一軒だけあった喫茶店「白鳥」には何度か神父様に連れていっていただいたことがあります。マスターがサイフォンとアルコールランプでコーヒーを淹れていたのを憶えています。すごくオシャレな感じがして、幸子は大好きでした。

でも、雨宮家にはもっとすごいものがあります。コーヒーメーカーという機械です。専門店で買ってきた挽き豆を入れて、水を注ぎ、ボタンを押すと、それだけで自動的にコーヒーができあがるのです。とても便利ですけど、何か物足りない気もします。

ケトルと呼ぶそうですけど、沸騰すると笛の音がするヤカンでお湯を沸かすと、それだけで旦那様と奥様のための準備は終わりです。あとはお嬢様方のために朝食を作るのですが、それもすごく簡単です。トースターで食パンを焼き、バターとジャムを塗るだけなのです。飲み物は牛乳かストレートのジュースと決まっているので、それはお嬢様方が自分で瓶からグラスに注ぎます。幸子は何もすることがありません。

他には何も出さなくていい、と奥様から命じられていました。朝、食べすぎると学校で眠くなって、勉強ができなくなるということでした。

でも、本当に何も作らなくてよろしいのでしょうか。サラダとか、そういうものはどうなのでしょう、と幸子は起き出してきた奥様にお伺いしました。

「せめて目玉焼きぐらいは、あってもよろしいのではないでしょうか」

不要です、と奥様がぴしゃりとおっしゃいました。

「ちゃんと一日のカロリー計算はしています。必要な栄養素はビタミン剤でも補っているし、余計なことはしなくていいの」

カロリー？　栄養素？　ビタミン剤？　聞いたことのない単語ばかりです。

カロリーって何でしょう。神父様はご存じですか？　聞こうと思ったのですが、物知らずと思われたくなくて、どうしても聞けませんでした。

栄養素というのは何となくわかりますけど、ビタミン剤というのはお薬なのでしょうか。コマーシャルでやっている、何とかエース、みたいな健康ドリンクのことですか？　もっと勉強しないといけませんね。

奥様には食事とか生活全般に関して、きちんとしたお考えがあるようです。健康的で、体にいい食べ物を摂るのが重要だとおっしゃいます。

言われてみると、この家にスナック菓子の類はありません。お嬢様方も食べないようです。飲むのもお水か生ジュース、もしくは牛乳、そして紅茶だけです。

旦那様がコーヒーをお飲みになるのも、本当は良くないのと奥様はおっしゃいました。体に良くない成分が入っているのだそうです。

その通りなのでしょうけど、たまにはいいのではないかと思いました。コーラとか、ポテトチップとか、甘いケーキとか、そういうものがおいしい時があるのも本当です。でも、そんなことを言ったら怒られると思い、黙っていました。

奥様は幸子にも、食生活を変えるようにとおっしゃいました。朝はパンと紅茶だけにしなさい、と言います。

家政婦だけ別に何か作っていただくというのもおかしな話ですから、そういたしますとお答えしましたけど、幸子としてはちょっと何か物足りない感じがしました。朝からでもお米を食べないと、力が出ない気がするのですが、郷に入っては郷に従えと言います。奥様の言い付けに従おうと思いました。

梨花様と結花様は、自分でちゃんと起きてきました。顔も洗い、歯も磨き、身仕度も整えています。言われなくても、自分たちで食卓について、静かにトーストをお召し上がりになっていました。

今日は幸子にとって初日ですから別ですが、奥様は低血圧で、朝はなかなか起きることができないそうです。お嬢様方はそれをよくご存じで、何でも自分たちでするようにしているということでした。

大きな音を立てないようにされていたのも、奥様のためです。幸子は朝ごはんの用意をする時、食器を出すのに大きな音を立ててしまいましたが、これからは気をつけなければいけないですね。

朝食の後、お二人を送って小学校まで行きました。奥様としては、本当は車で送ってほしいそうです。でも、幸子は運転免許を持っていません。それは最初に清美さんから説明していただきましたので奥様も旦那様も承知されています。

十八歳なのだから免許を取りに行きなさい、と奥様がおっしゃいました。そのための費用も払っていただけるそうです。ありがたくて、どうお礼を申し上げていいかわかりませんでした。

もちろんそれは先の話で、今は歩いてお送りするしかありません。学校までは子供の足でも十分ほどでしょうか。車で送る距離ではないのですけど、奥様は母親としてどうしても心配なのでしょう。

西園寺小学校は制服です。白のブラウス、紺のスカート。可愛らしいお二人と一緒に学校へ向かいながら、幸子は誇らしい気持ちで一杯でした。

通学路を歩いていくと、だんだん子供たちの数が増えていきました。お二人はどの子よりも愛らしく、美しく、大人びていて、賢そうです。幸子は単なる家政婦ですけど、雨宮家の一員になったように思えて、それが誇らしかったのです。

歩いていると、子供たちがお二人を遠慮がちに眺めていました。東京の子供は村の子供と違うように思っていましたけど、そうでもないようです。年相応に、子供らしい子の方が圧倒的に多くて、梨花様と結花様が特別なのだとわかりました。

その証拠に、子供たちが代わる代わるお二人に近づいて、挨拶をしていきました。双子と言っても姉妹ですから、まずはお姉様の梨花様、そして結花様の順に頭を下げています。それはまるで、女王様に謁見する家臣のようでした。

結花様は、おはよう、と言葉を返していますが、梨花様は無言です。鷹揚にと言えばいいのでしょうか、軽く手を振って答えるだけでしたが、子供たちはそれで十分に満足しているようでした。

誇り高い梨花様の様子は、本当に女王様のようです。自然な威厳が備わっているのです。当然だと思いました。梨花様ほど美しく、気品のある子供は他にいないのですから。

子供たちが梨花様こそ自分たちを治める女王様だと考えているのは、見ていればすぐにわかりましたが、それだけではありません。何人か先生方ともすれ違いましたけど、幸子より年上のその人たちも、梨花様に対しては他の子供たちとは違った態度で接しておられました。特別な子供だとわかってらっしゃるのでしょう。

そんな梨花様の横に、結花様はおとなしく従っていました。誰よりも忠実な僕《しもべ》と言えば伝わるでしょうか。結花様も梨花様にお仕えするのが喜びなのだと思います。梨花様を見つめるまなざしは、憧れと尊敬に満ちていました。

言葉こそ交わしませんが、梨花様は時折微笑みを浮かべながら、子供たちを見つめています。教会にあったマリア様の肖像画を思い出しました。

梨花様が言葉をかけるのは結花様だけです。妹ですから、当たり前のことかもしれませんが、誰よりも愛し、信頼しているのでしょう。

お二人が誰からも好かれ、崇拝されているのがわかり、幸子は幸せな思いで胸が一杯になりました。世界の中心にいるのはお二人で、その世話を任されているのが幸子なのです。
　小学校の正門までお二人をお送りして、急いで家に帰りました。奥様はお部屋に戻ってお
られましたけど、何をすればいいかは昨日のうちに教えていただいてましたから大丈夫です。
　朝食の後片付けをしていると、九時過ぎに旦那様が降りてこられました。幸子の淹れたコ
ーヒーをお飲みになり、のんびり新聞を読んでおられます。
　今日はお休みなのでしょうかと伺うと、今からクリニックへ行くよと上機嫌でお答えにな
りました。ずいぶんゆっくりされています。
　旦那様はクリニックを経営されていますが、同時に外科の先生だと聞いていました。患者
さんの診察などはどなたがされているのかと不思議に思いましたが、いつもこんなものだよ
とおっしゃいました。
「ぼくは院長だから、そんなに早く行く必要はないんだ。よっぽどの急患とかは別だけど、
町医者のところに通ってくるのはリハビリの患者とかが多いからね。ぼくがいなくても、だ
いたいのことは看護婦がやってくれる」
　別に遊んでいるわけじゃないんだ、と幸子の肩を軽く叩きました。そういうものなのです
ね。
「意外と肉付きがいいんだな」

軽く笑った旦那様が二階へ上がっていかれました。ちょっと太っているよと、おからかいになったのです。

写真で見ただけですが、辞めてしまった雪乃さんはとてもすらりとしていました。器量ではかないませんが、一生懸命働いて雨宮の家のお役に立とうと思いました。

その後、洗濯をしました。夜のうちに旦那様と奥様、そしてお嬢様方が出した服を洗濯機にかけ、庭にある物干し場に干していくのです。

家にあるのは最新式の全自動洗濯機で、初めて見ました。村ではまだ洗濯板を使っている家もあるぐらいですけど、とても便利なものですね。

操作を間違わなければ、何もすることがありません。何度も蓋を開けて、ぐるぐる回る洗濯機を覗いてしまいました。

洗濯物を干していると、奥様が降りてきました。少し前に旦那様はクリニックに行かれましたとお伝えすると、そう、とだけお答えになりました。毎朝そんな感じなのでしょう。

家族四人分と幸子の服もあります。丁寧に干していたら、それなりに時間がかかってしまいました。すみませんと謝ると、慣れていないから仕方ないでしょう、と奥様は紅茶を飲みながら笑みを浮かべておられました。明日からはもっと手早くできるようになりたいと思います。

奥様は家におられるのに、プレスの利いたブラウスとスカート、そして薄手のジャケットをはおっていらっしゃいました。村のお母さんたちと違い、一分の隙もない恰好です。

その後、奥様に言われて二階のお掃除をしました。他のことはそれほどでもないのですが、掃除については厳しく言われました。家がきれいになっていないと耐えられないとおっしゃるのです。

それは幸子も同じです。教会にいた頃もそうでしたけど、汚い部屋で暮らしていると、心も汚れてしまいます。手を抜くつもりはありません。もともと掃除は大好きです。

家は広く、部屋数もたくさんあります。お風呂やトイレもきれいにしなければなりません。まだ四月ですけど、汗だくになりながら床や窓を磨き、掃除機をかけていきました。午前中一杯かけて、ようやく終わりました。

その間、奥様はずっと一階の応接間で花を活けておられました。朝方、花屋さんが花を配送してきたのです。毎朝届くので、受け取りは任せるからと言われました。

家の至るところに花がありますけど、それは奥様が自分で活けておられるのです。奥様は美しいものに囲まれているのが大好きで、それが何よりの幸せと感じられる方です。午後にお客様がお見えになるので、応接間の掃除は念入りにお願いね、と言われました。

お昼は適当に自分で何か作って食べることになっていました。神父様もご存じの通り、掃除は肉体労働です。疲れていたし、お腹も空いていたので、台所にあったお米を炊きました。雪乃さんが買ったものだそうです。奥様はお米がお嫌いですけど、雪乃さんもきっとガマンできなかったのでしょう。

焼いたハムと目玉焼きでご飯を二杯おかわりすると、やっと落ち着きました。奥様はどうされているのかと思って、何か作った方がよろしいでしょうかと伺うと、菓子パンを食べるから大丈夫、とおっしゃいました。

近くにある有名なパン屋さんで買われたものだそうです。レーズンとクルミの入ったとてもきれいなパンで、上に半分砂糖がかかっていて、それが雪のようでした。

パンひとつ、そして紅茶。それだけが奥様の昼食でした。奥様は小食です。幸子のような大食いとは違います。そうでなければ、あれだけ美しいスタイルを保つことはできないでしょう。幸子にはとてもできません。

「あなたは若いからいいけど、わたしは食事制限しないと太るばかりだから」

奥様がおっしゃいました。そうは見えませんが、奥様の美に対する意識が高いことだけはよくわかりました。

昼ごはんを済ませてから、急いで応接間の掃除をしました。お客様がいらっしゃるというので、丁寧にしなければなりません。二時までかかって、ようやく終わりました。

他に何かすることはないでしょうかとお伺いすると、庭の手入れを手伝ってほしい、と言われました。お庭はとても広い芝生で、周りにはいろんな種類の木が植えられています。家は小高い丘の上に建っていて、庭からも広尾の町がよく見えました。

芝や樹木は定期的に庭師の人が入られ、手入れするそうです。素人の幸子にそんなことはできません。奥様が命じられたのは、お庭の隅にある花壇の手入れでした。

そこにはチューリップとか、バラとか、スミレとか、美しい花がたくさん植えられていました。奥様が買ってきて、育てておられるのです。

きれいな花が、色を揃えて咲いていました。奥様がどれだけ丹精こめて育てておられるのか、それだけでわかります。単なる花壇ではなく、芸術品のようでした。

どうすればいいのかわかりませんでしたけど、奥様の後について落ち葉を拾ったり、水をあげたりするのをお手伝いしました。何本か、育ちの良くない花がありましたけど、奥様は躊躇《ちゅうちょ》せずに引き抜いています。見た目がよくないものは、こうして抜かないと駄目なの、ということでした。

幸子にとって、花は神様からの贈り物です。きれいに咲き誇っていても、元気がなくても、同じ花ですから、抜いたり捨ててしまうのはかわいそうでしたけど、全体が美しくなくなってしまうと言われればその通りです。そうやって育てなければ、ここまで美しさを保つことはできないのでしょう。

一時間ほどそうしていると、玄関のチャイムが鳴って、お客様がお見えになりました。今日は五人なのね、と奥様が嬉しそうにおっしゃいました。皆さん、同じ広尾に住んでいらっしゃる奥様方だそうです。

川を挟んでいるので、ご近所さんというと少し違うのかもしれませんが、この辺りにお住まいの方たちと奥様は親しくされているのです。皆さん、着ている服なども高価そうでした。

今日はお花を教えるのではなく、ティーパーティをしましょう、と奥様がおっしゃいました。それもまた外国のようです。

奥様は応接間に通したお客様たちに、ご自分で焼いたというクッキーと紅茶をふるまっておられました。料理は作りませんが、クッキーなどお菓子を作るのはお好きなのだそうです。

市販のお菓子は体に良くないけれど、材料を選んでいるので体に良いということでした。キッチンには大きなオーブンがあり、昨日のうちに焼いておいたそうです。

新しい家政婦の幸子さんよ、と奥様がお友達に紹介してくださって、その時クッキーをお相伴にあずかりました。幸子には甘みが少し足りなかったのですが、大人の味ということなのでしょう。

それから学校へお嬢様方をお迎えにあがりました。三時に正門前で待っているようにと、梨花様から言われていたのですが、お客様のお相手をしていて、少し遅くなってしまいました。

家を出たのは三時を数分過ぎた頃です。慌てて走っていくと、ちょうど梨花様と結花様が手をつないで現れたところでした。

間に合ってよかったとほっとしていたのですが、梨花様は幸子の顔を見るなり、何をしてたの、と投げつけるようにおっしゃいました。

「三時にここで待っていてと言ったはずよね」

「申し訳ありません。お客様があったものですから……」

約束したでしょ、と梨花様がとても冷たい声でおっしゃいました。

「守れないの？　どういうつもり？」

申し訳ありません、と幸子は何度も頭を下げてお詫びしました。お客様があったこと、紹介するからと奥様が引き止めたのは本当です。幸子は三時にお嬢様方を迎えにあがらなくてよろしいのでしょうかと申し上げましたが、少しぐらい遅くなってもいいの、とおっしゃったのも奥様です。

でも、それは言い訳になりません。幸子はお嬢様方と約束をしました。子供相手でも約束は守らなければなりません。罰よ、と梨花様が背負っていたランドセルを地面に放り投げました。

「幸子が持つの」

結花も、と促しました。ランドセルを背中から下ろした結花様が、そっと地面に置かれました。

「梨花はね、約束を守れない人が大嫌い。そうでしょ？　間違っているのは幸子よね。違う？」

お許しくださいと頭を下げながら、幸子はお二人のランドセルを両腕に抱えました。幸子が間違っていたのです。罰を受けるのは当然のことです。

幸子、と呼び捨てにされるのも当たり前です。幸子は雨宮家に仕える使用人で、梨花様も結花様も、幸子より立場が上なのですから。

何も言わないまま、梨花様が歩き出しました。うなずいた結花様が続きます。申し訳ございませんでしたと口の中で詫びて、幸子もついていきました。

正門から出てきた子供たちが、お二人に近づいては、さようなら、と頭を下げています。幸子に対して冷たい態度を取っていた梨花様ですが、機嫌良く手を振っておられました。それはそれ、これはこれ、ということなのでしょう。子供とは思えない切り替えの早さに、感心してしまいました。

子供たちは梨花様の様子を窺っていましたが、さようならと挨拶をする以外話しかけようとはしません。あの子たちは、梨花様とお話がしたいのでしょう。目や顔から、その思いが伝わってきました。

でも、自分から声をかけたりすることはありません。下手なことを言って機嫌を損ねるようなことがあってはならないと考えているのが、見ていてよくわかりました。なぜなら、幸子も同じことを思っていたからです。

それはお美しい梨花様だけの特権なのでしょう。しかも、お美しいだけではなく、とても賢くて、大人びています。そのような方に対しては、誰もが臣下の礼を取るしかないのです。生まれが違うのですから、ただただ、梨花様の意に添うような言動を心掛けるか、または黙っているしかありません。

幸子にもよくわかります。そしてそれは、妹の結花様でさえ例外ではないのです。

梨花様に備わったお力は、子供でも大人でも感じることができます。ただ、わからない者もいます。本当の意味での子供には通じないでしょう。そして、そういう子供はどこにでもいるものです。

雨宮、と明るく呼びかけたのは男の子でした。背こそ低かったのですが、とても元気そうな、活発な子でした。

「これ、大谷《おおたに》センセーが渡してきてって。ほら」

並びかけた男の子が差し出したのは、何かのプリントのようでした。親への連絡事項が書いてあるのでしょう。

立ち止まった梨花様が、邪険に男の子の手を払いました。いえ、叩いたのです。落ちたプリントが風に舞っていました。

「触らないで」

その声にこめられた威厳に、幸子は思わず頭《こうべ》を垂れてしまいました。それほどまでに、蔑《さげす》みに満ちた声でした。

「汚い手で梨花に触らないで」

怒りに満ちた目で繰り返しました。そのまなざしの鋭さに、普通の子ならひれ伏してしまうかもしれませんが、男の子はよほど鈍いようで、何だよ、と手を伸ばしました。

「大谷センセーに、渡してこいって言われたんだよ」

先生の名前を出したのは、そうしなければ受け取ってくれないと思ったからでしょう。どんなに鈍い子供でも、何かを感じることはできるものです。

男の子の胸に、ホリテツヒコ、という名札がありました。ホリくんのシャツは泥で汚れていて、襟の縁には皺が寄っていました。同じ西園寺の小学生でも、どちらかと言えばだらしない部類なのでしょう。

　それ以上何も言わず、梨花様が歩き出しました。何だよ、とホリくんがつぶやきましたが、周りにいた子供たちは振り返ることなく、梨花様の後ろに続きました。

　プリントを拾い上げたのは幸子です。どうしましょうかとお伺いすると、幸子が持ってて、と梨花様が命じられました。ホリは汚い、と歩きながらずっとつぶやき続けていました。

「ホリは汚い。トイレに行って手を洗わない。フケツだ。いつも鼻をほじってる。その指をなめてる。フケツだ」

　普通なら、笑ってしまったかもしれません。村にもそんな男の子がいましたよね。顔を洗ったこともなく、歯を磨いたこともないという青沢《あおさわ》くんのことを思い出しました。

　でも、笑うことなどできませんでした。梨花様が本当に怒っておられたからです。

　結花様が真剣な顔で何度もうなずいていました。本当にそうよね、お姉様の言う通りよ、結花も大嫌い、あんな子、うちの学校にはいらないよね。

　それでようやく機嫌が直ったのか、立ち止まった梨花様が周りにいた子供たちに向かって、静かに口を開きました。

「みんな、いい？　ホリと話したら、絶交だから。わかった？　ホリを友達だっていう子は今言って。梨花はそんな子と遊ばない。結花、あんたはどっち？　梨花の友達？　それともホリの友達？」

決まってます、と結花様が梨花様の手を押しいただきながらおっしゃいました。妹ではなく、女王様に忠誠を誓う家臣のようでした。

みんなはどうなの、と梨花様がもう一度見回しました。ぼくも、あたしもと、誰もが梨花様に向かって大きくうなずきました。

「ホリみたいなみっともない子、どうして西園寺にいるんだろう」

「大嫌い。あんな子、一生口も利きたくない」

「大谷センセーがいけないよね。どうしてホリにプリントを渡せなんて言ったのかな」

全員が口々にホリくんの悪口を言い始めました。みんな興奮しています。今が梨花様の寵愛を受けるチャンスだ、とわかったようでした。

確かに、ホリくんは不潔で、だらしない性格なのでしょう。村にもあんな子がたくさんいました。

でも、ここは東京です。あの子はどこか田舎の子のようで、梨花様にはふさわしくありません。梨花様、そして結花様と対等に口を利いてはならない子供です。不釣り合いなのです。身分が違うのです。

「明日からホリのことは無視するように。ひと言でも喋っているのを見たら、絶交だから」

言い捨てた梨花様が歩き出しました。誰もがうなずいていました。

その後も梨花様は家にお帰りになるまで、ずっとホリくんのことを罵り続けていました。よほどお嫌いなのでしょう。幸子も嫌われたくない、と心から思いました。

家に入ると、お客様方が楽しそうに話している賑やかな声が聞こえてきました。幸子さん、と応接間から奥様がお呼びになりました。

「子供を着替えさせて。終わったら降りてきてちょうだい」

そういたしますとお答えして、お二人を子供部屋に連れていきました。何も申し上げなくても、自分たちで衣装ダンスから部屋着を出して、着替え始めていました。

行っていい、と梨花様がおっしゃいましたので、幸子は一階に降りました。冷蔵庫にいただいたメロンが入っているから、と奥様がキッチンを指さしました。

「切り分けてちょうだい」

まあ素敵、とお客様方がささやきを交わしました。幸子もメロンを見たことはありますけど、食べたことはありません。大きくカットしてね、と奥様が微笑みながらおっしゃいました。

「二つあるから、娘たちにも食べさせて」

高そうな白磁のティーポットから、奥様が自分でそれぞれのティーカップに紅茶を注いでいます。幸子がやりますと申し上げたのですが、あなたには無理よと笑われました。お客様方も皆さん笑っていました。

後でお伺いすると、そのティーポットは八十万円もする名品だそうです。任せられないとおっしゃるのは当然です。それからメロンを皿に盛ったり、お客様の食器を洗ったり、いろいろお手伝いをさせていただきました。

ティーパーティの中心は奥様です。お客様たちは皆、奥様のことしか見ていません。奥様のお言葉に相槌を打ち、感心したようにうなずき、時には驚きの声を上げることもあります。奥様が何か言ったら、笑ったり、賛成と手を挙げたりするのです。

幸子は誇らしくなりました。奥様は他のお客様方よりお美しく、素敵です。奥様のことを皆様が尊敬されているのは、仕えている家政婦としても自慢に思えました。

そうこうするうちに、五時の鐘が鳴りました。お客様方が名残り惜しそうに席を立ちます。皆様、帰って夕食の仕度をしなければならないのです。

残念ね、帰りたくないわ、口々にそうおっしゃりながら、玄関へ向かっていきました。奥様はリビングに用意していた焼き菓子と小さなお花のブーケを、おみやげにと渡していました。いつもすみません、とお客様たちがおっしゃいました。

奥様とお嬢様方、そして幸子でお見送りしました。美しい夕焼けの中、皆様が門を出ていかれました。お部屋に戻りなさい、と奥様がお嬢様方に手を振りました。

「ああ、疲れた。あの人たち、何かと言えばすぐこの家に来たがるのよ」

幸子は少し不思議に思いました。皆様が帰られる時、次はいつにしましょう、とおっしゃったのは奥様だったからです。

それが礼儀というものなの、と奥様が小さく笑いました。

「あなたにはわからないかもしれないけれど、あの人たちがいくらまた来たいと思っていても、自分からは言えないでしょう？　こちらから声ぐらいかけてあげないとね」

神父様、東京は違います。村だったら、誰が誰の家へいつ行っても構いませんけど、ここではそうもいきません。ルールがあるのです。

後片付けと夕飯の準備を任されました。疲れたから、夜はお肉が食べたいと奥様が申されました。肉は冷蔵庫にあるから、適当に焼いてくれればいいということでした。

「明日からは、あなたが買い物に行ってもらえるかしら」

奥様が地図を書いてくれました。広尾のナショナルマーケットというお店です。そこの肉以外は出さないで、と念を押されました。

冷蔵庫の中を確かめると、ステーキと書いてある白い紙に包まれた、ずっしりと重い肉の塊がありました。準備をしていると、七時には食べられるようにしておいて、とおっしゃいました。

肉を焼くだけですから、それほど時間はかかりません。旦那様の分はいかがいたしましょうと伺うと、それも一緒でいいと奥様がうなずきました。

「でも、冷めてしまわないでしょうか」

「いいのよ、どうせ食べないから」

そう言って、奥様は二階のお部屋に上がっていきました。お食べにならないというのは、どういう意味でしょう。クリニックで残業でもあるのでしょうか。

よくわかりませんでしたが、聞くのも失礼かと思い、言われた通り仕度をしました。七時過ぎ、奥様とお嬢様方がテーブルに着きました。

幸子は給仕をしました。牛のステーキ、つけあわせのジャガイモ、ニンジン。キャンベルと書いてあった缶詰のスープ。そしてロールパンというメニューです。

お米は捨てましたよ、とナイフとフォークで肉を切りながら、奥様がおっしゃいました。

「幸子さん、ずいぶんたくさん食べていたけど、頭に良くないのよ。前のあの子がどうしてもと言うから置いてましたけど、やっぱりあんなものは不要です。わかりましたね」

幸子としては、雪乃さんの気持ちもわからなくはないのですが、家にはそれぞれ流儀があるのでしょう。幸子も東京の暮らしに早く慣れたいので、おっしゃる通りにいたしますとお答えしました。奥様は満足そうにうなずいていました。

食事の間、奥様はテレビをつけませんでしたが、食べ終わるとニュース番組を見始めました。幸子が食器を片付けていると、それが終わったら子供たちのためにお風呂の準備をしてちょうだいとおっしゃいました。

二階に上がり、浴槽にお湯を溜めました。温度は自動で調節されるので、他に幸子がすることはありません。十分に溜まるまで待ち、お嬢様方をお呼びしました。

お二人がバスルームに入られ、お話をされながらシャワーを浴びている様子が、曇りガラス越しに何となく見えました。ちょっとだけドアを開けて覗いてみると、結花様が梨花様の頭を一生懸命シャンプーしておられました。微笑ましくなるような光景でした。

お二人が出てこられるまで、二、三十分ほどかかったでしょうか。神父様、雨宮の家はやっぱり違います。お二人とも、専用のバスローブをお持ちなのです。

洗面所の椅子に並んで座ったお二人が、髪を乾かして、と口を揃えておっしゃいました。ドライヤーを出して、幸子のすぐそばにいた結花様に当てようとすると、梨花が先、と低い声で注意されました。

順番があるのです。お姉様なのだから、当然です。幸子の配慮が足りませんでした。もっと手を使って、と梨花様が鋭い声でおっしゃいました。

「雪乃の方が上手だった」

申し訳ありません、とお詫びしました。教会にはドライヤーがありませんでしたから、ほとんど使ったことがなかったのです。

その間、結花様はご自分で頭にタオルを巻いて、じっと座っていました。湯冷めするのではないかと心配になったのですが、いいの、と梨花様がぴしゃりとおっしゃいました。

「梨花が先。ちゃんと乾かして」

梨花様は肩まである長い髪です。ずいぶんと大切にされ、自慢にされているのは、幸子にもわかっていました。

熱風だと髪が傷むということで、温風しか使わせてもらえません。時間をかけてドライヤーを当てました。結局、結花様はご自分でごしごし髪を拭き、幸子がドライヤーを当てた時にはほとんど乾いていました。

バスローブというのはとても便利です。着ているだけで水分を取ってくれます。でも、足の方はそうもいきませんので、幸子がお二人の足をタオルで拭きました。まず梨花様、そして結花様。

お二人ともきれいな足をしているのですが、結花様の太ももとすねの辺りに、いくつか青いアザがありました。そうは見えないのですが、おてんばなのですね。転んだりしたのでしょうか。

　ピンクとブルーのパジャマに着替えさせて、子供部屋にお連れしました。九時前です。村の子供たちなら、とっくに寝る時間ですが、東京ではどうなのでしょう。

　部屋にもテレビがありますが、それを見るのでしょうか。それとも二人で遊んだりするのでしょうか。

「今日は何もしたくない」

　ベッドに座ったまま梨花様がおっしゃいました。それを聞いて、結花様がお布団に入りました。目をつぶり、耳を両手で押さえています。眠ろうとしているのです。

「幸子、来て」梨花様が布団を軽く叩きました。「座って」

　何でしょうか、と横に腰を下ろしました。さっき、洗面所で不手際があったことなど忘れたように優しく笑っています。幸子の話をして、と梨花様が幸子の手に自分の手を重ねました。

「どこから来たんだっけ？　長野？」

「そうです。槇原村という小さな村に住んでいました」

　子供らしい好奇心に満ちた目で、梨花様が見つめています。なぜか、幸子の心臓がちょっとだけ大きく鳴りました。

「高校までいたの？　東京は初めて？　友達はいるの？」

「そうです、東京には初めて来ました。だから何もわからなくて……」

手を伸ばした梨花様が枕元のボタンを押すと、部屋の明かりが消えて、小さな電球の光だけになりました。

「同じ学校に男の子がいたでしょう？　仲のいい子は？」

「幸子は誰とでも仲がいいです」神父様もよくご存じの通り、幸子は友達が多いのだけがとりえなのです。「村ではあまり男の子とか女の子とか、そういうことは関係なしにみんなで遊びます。その方が楽しいですから」

そんなわけない、と尖った声で梨花様がおっしゃいました。

「幸子は雪乃より太ってるし、可愛くないけど、肌は真っ白だし、すべすべしてるよね」

細い指が幸子の手、腕、そして肩の辺りに触れています。くすぐったかったですけど、止めてくださいとは言えませんでした。

「素敵だなと思うような男の子はいなかったの？」

とんでもありません、とお答えしました。そんなこと、考えたこともありません。

幸子は奥手だと、よく周りの子たちにからかわれましたけど、本当にそうです。恋愛というものは、ドラマや少女マンガの中でしか知りません。

そんなわけないじゃない、と小さく笑いながら梨花様が体を寄せてきました。

「教えて。男の子と手をつないだり、キスしたり、そんなこともあった？」

村にも何人かこういう子がいました。ませているのです。賢い子ほどそうでしたけど、梨花様も同じなのでしょう。

薄明かりの中、梨花様の目が光っていました。でも、お話しできることなど何もないのです。

「幸子はあまり……仲のいい男の子はたくさんいましたけど、とてもそんな……」

喉の奥で、また梨花様が笑いました。指が幸子の腋の下を通り、胸の辺りをくすぐっています。

止めてくださいと言えないのはなぜなのでしょう。幸子は何度もまばたきを繰り返しながら、体を固くしているしかありませんでした。

玄関のチャイムが鳴る音がしました。パパだ、と幸子から離れた梨花様が、結花様の手をつかんで子供部屋を飛び出していきました。

お二人はお父様が大好きなのです。背中に汗がじんわりと滲むのを感じながら、幸子もお出迎えのため、階段を降りていきました。

神父様、一週間ぶりの手紙になります。お元気ですか。教会の子供たちは仲良く暮らしているでしょうか。

幸子は毎日楽しく過ごしています。村には村の美しさがありましたが、東京は別の意味でとても美しいです。特に広尾、そして雨宮家のお家は、その中でも飛び抜けて素敵です。

ご近所の方は、雨宮家のことを川向こうのバラ屋敷と呼んでいます。確かに、ツタとツルバラで美しく飾られた洋館は、その名がふさわしいと思います。一軒だけ丘の上に建っている家を川の方から眺めていると、あんな大きなお屋敷で働いているのだ、と誇らしく思えました。

旦那様はいつも明るく朗らかで、奥様はお優しくお美しく、二人のお嬢様は賢くて愛らしく、皆さん幸子にも親切です。東京に来て本当に良かったと思います。

旦那様はいつもお忙しく、夜遅くまで帰ってこないことも多いのですが、朝、コーヒーを飲まれている時には必ず楽しいお話をしてくださいます。幸子は笑いをこらえるのが大変です。幸子にも紳士的な態度で接してくれる、立派な方なのです。

奥様は毎日お花を活け、読書と編み物をなされます。お友達を招いてお花を教えたり、お茶会を開いたり、時には連れ立ってお芝居を見に行ったりもします。

幸子が一番長く一緒にいるのは、二人のお嬢様です。学校の送り迎えも含め、お帰りになられてからは、ほとんどお二人と過ごしています。

双子なので、学校が気をつかって別のクラスに入れていると聞きましたが、二人とも成績はクラスで一番だと聞きました。しかも梨花様は学年でトップです。結花様も三位以下になったことはないそうですから、やはり血筋なのでしょうか。

成績がいいのは、家庭教師がついているからということもあると思います。週に二日、宗像《むなかた》さんという青鵬《せいほう》大学の学生さんがお見えになって、お二人に勉強を教えているのです。

奥様は習い事についてお考えをお持ちで、ピアノは週二日習わせていますし、英語の塾や絵画教室、バレエスクールにも通わせています。英語塾のグリーン先生はイギリス人です。幸子は生まれて初めて外国の方とお話ししましたけど、とても陽気なおばあさんで、幸子のことをラッキーガールと呼んでくれました。

その中でも奥様が熱心なのはバレエです。絶対にやらなくてはいけないとおっしゃっていましたが、梨花様はお好きではないようでした。体を動かすのが、あまり得意ではないのです。

結花様はそれほど苦にされていません。去年の運動会では、徒競走の選手に選ばれたそうです。双子なのに、やっぱりどこか違うものですね。

もっとも、結花様は選手を辞退されたと伺いました。目立つのが好きな子じゃないからと奥様はおっしゃっていましたが、もしかしたら、梨花様が辞退した方がいいとおっしゃったのかもしれません。

結花様は引っ込み思案なところがおありです。望んでもいないのに選手に選ばれた結花様のために、梨花様がおっしゃったのでしょう。

結花様のことを、お姉様の梨花様はとてもよく面倒を見ていらっしゃいます。結花様も梨花様を尊敬し、お姉様のようになりたいといつもおっしゃっています。仲のいい姉妹を見ていると、幸子も心が和みます。

お二人はいつも一緒です。今からこれをして遊ぼう、本を読もう、お風呂に入ろう、そんなことも含めすべて梨花様がお決めになり、結花様はそれに従います。幸子が知っている姉妹というのは、そんなに仲がいいとは限らないのですけど、本当に二人は仲良しです。

結花様が梨花様を見る目は、教会の信徒が神様の肖像画を見る時とそっくりです。本当に崇拝しているのでしょう。妹思いの姉、その姉を慕っている妹。二人が仲睦まじく過ごされている様子は、まるで一枚の美しい絵のようです。

幸子が立派だと思うのは奥様です。旦那様はお嬢様二人に対してかなり甘いのですが、奥様はきちんとした教育方針をお持ちです。

叱る時にはしっかりお叱りになります。なかなかできることではありません。甘やかすだけではいい子に育たないと、よくおわかりなのでしょう。
二、三日前のことですが、梨花様のクラスのテストが返ってきて、点数は九十九点でした。クラスで最高点だったのですが、奥様は首を振りました。
それは算数のテストだったのですが、マイナス一点は単純な計算ミスだったのです。奥様が苦々しい表情のまま、リビングをゆっくりと歩き始めました。梨花様は、真っ青な顔で立ち尽くしておられました。

しばらく経ってから、奥様がキッチンの引き出しに入っていた竹のヘラを取り出しました。無言で梨花様が差し出した手を奥様が竹のヘラで叩き始めました。何度も何度もです。

「あなたのためなのよ」ぴしり。「こんな計算、誰でも簡単にできるでしょう」ぴしり。

はい、と梨花様が答えました。注意不足です、と奥様がまた手を叩きました。

「慎重になりなさい」ぴしり。「ゆっくり、よく考えるの」ぴしり。「どうしてできないの？」ぴしり。

あっという間に、梨花様の美しい手にみみず腫れが浮かびました。でも、泣いたりはしません。歯を食いしばって、痛みに耐えておられます。体で覚えなさい、と奥様が竹のヘラを振り下ろしました。

進み出た結花様が隣に並ばれました。涙を浮かべながら、ご自分も手を差し出します。

奥様が同じように、竹のヘラで結花様の手を叩きました。その音が怖くて、幸子は耳を塞いでしまいました。

どれぐらい続いたのでしょうか。五分か、それとも十分か。お二人の手に血が滲んでいました。それを見た奥様が竹のヘラを放り投げて、お二人の手を強く握りしめました。

「ごめんなさいね、痛かったでしょう」薬箱から軟膏《なんこう》を取って、塗り込んでいきます。「酷《ひど》いことをすると思っているわね？　でもママの心はもっと痛いの。わかる？　手を鞭打たれているより、もっと辛い痛みよ。でも、これはあなたたちのためなの」

奥様が丁寧に、優しく、お二人の手に軟膏を塗り続けています。目からは大粒の涙がこぼれていました。

ありがとうございます、とお嬢様方が口々に言いました。二人とも泣いておられます。

その小さな体を、奥様が両手を伸ばして包み込むようにお抱きになりました。ごめんなさいね、ごめんなさいね、と何度も繰り返しています。

幸子はただ見ていることしかできませんでした。包帯を巻いてあげて、と奥様がおっしゃいました。

「わたしを酷い母親だと思っているでしょうね。でも、この子たちのためなの。わかるでしょう」

わかりますと答えましたが、奥様は首を捻って、幸子の腕をすごい力でつかみました。

「世の中に出たら、ひとつのミスも許されない。こんなことで将来が台無しになったらどうするの？　誰にも責任は取れない。そうでしょう」

おっしゃる通りです、と何度もうなずきました。手首に食い込む爪が痛くて、声さえ出せなくなっていました。

「その辺にいる馬鹿な小娘みたいになってほしくない。わかるでしょ」奥様が早口で言い続けました。「頭が空っぽで、愛想だけよくて、男の気を引くことだけが得意な馬鹿な女になってほしくないのだってそうでしょうあなたもそう思うわよね。そのためには今学ばなければならないの勉強に集中しなければならないそうでしょうあなたわかる？　聞いてる？」

ママ、と二人のお嬢様がしがみつきました。我に返ったように、包帯をと奥様がおっしゃいました。

「わかってくれるわね、幸子さん。わたしはこの子たちのために……」

二人のお嬢様をしっかりと抱きしめられました。娘を慈しむその顔は、聖母様のように美しかったです。

神父様、こんなにも娘を愛する母親を、幸子は知りません。体罰はいけないと神父様はおっしゃっていましたし、幸子もそう思います。

でも、必要があれば愛の鞭をふるう。それこそが母親の愛なのではないでしょうか。立派な奥様に仕える自分の幸せをかみしめながら、幸子はお二人の手に包帯を巻いていきました。

神父様、お元気ですか？　幸子は毎日楽しく、元気に過ごしています。

東京に出てきてから、ひと月が経ちました。ようやく東京に慣れ、雨宮家に慣れ、仕事の要領もわかってきました。ご心配なさらなくても大丈夫です。

先日、奥様に誘われて銀座に歌舞伎を見に行きました。正直なところ、何を言っているのかもわかりませんでしたし、役者さんも知らない人ばかりで、退屈だったのですが、奥様は真剣に舞台を見ておられました。

その帰り、東帝ホテルに寄ってお茶を飲みました。格式のあるホテルです。ラウンジには大勢の人がいました。

感想を言いなさいとか言われたらどうしようと、ずっとドキドキしていました。何もわかりませんでしたというのでは、高いチケット代が無駄になります。かといって、面白かったですとも言えません。幸子は嘘をつくのが下手ですから。

でも、奥様は何も言わず、ずっと辺りの様子を見ていました。幸子の方から話しかけることなどできません。

奥様とでは教養も何もまるっきり違いますから、話題もありません。ヒメノちゃんの新曲の話をしても、奥様はおわかりにならないでしょう。

二時間ほど、ただラウンジでお茶を飲んでいましたが、幸子はそろそろ戻りますと申し上げました。お嬢様方はグリーン先生の英語塾に行かれていたのですが、お迎えの時間が近づいていたのです。

まだいいでしょう、と奥様がおっしゃいました。電車の時間などを考えると、銀座を出なければならなかったのですけど、奥様がそうおっしゃるのですから、仕方ありません。

三十分ほど経ってから、今出ませんと本当に遅れてしまいますと申し上げました。グリーン先生は時間に厳しい方で、迎えに行くのが遅れると、とてもお怒りになられるのです。

諦めたように立ち上がった奥様からお金を預かって会計をしていると、ロビーを旦那様が横切っていくのが見えて、思わず大声を上げてしまいました。

奥様にお知らせしようと思ったのですが、幸子の声に気づいたのか、旦那様が近づいてきました。後ろに小野寺《おのでら》さんという看護婦さんがおられました。何度か旦那様のクリニックにお使いで行ったことがあるのですが、その時にお顔を拝見していた方です。何をしてるんだい、と旦那様が驚いた顔で奥様と幸子を交互に見ました。

「どうしてここに？」

「歌舞伎を見に行って、帰りに幸子さんとお茶を飲んでいたの」奥様が小野寺さんににっこり笑いかけました。「言ったと思いますけど」

そうだったかな、と旦那様が頭を掻きました。忘れていたのです。旦那様らしいことです。

「あなたこそ、どうしてこのホテルに？」

往診の帰りなんだ、と旦那様が小野寺さんを指さしてお答えになりました。

「来週、丸金商事の山倉《やまくら》部長のギプスを外すんだけど、その前に足の具合を診てほしいと言われてね。あの人の頼みじゃ断れない」

そうですか、と奥様がうなずきました。

「もう終わられたの？」

「そうだね。終わったよ」

では帰りましょう、と奥様が歩き出しました。旦那様は小野寺さんに、クリニックへ戻りなさいと言って、奥様の手を取りました。

車で来ているという旦那様が奥様と家へお帰りになり、幸子は地下鉄で麻布の英語塾へ向かいました。地下鉄に乗っている間、お二人のことを考えていました。

奥様は本当に旦那様のことを愛しておられます。旦那様が往診に来られたこともご存じだったのでしょう。

奥様が東帝ホテルのラウンジに入ったのは、旦那様をお待ちになっておられたからです。驚かそうとしていたのかもしれません。

幸子にそんなことを言えなかったのはよくわかります。いくらご夫婦でも、恥ずかしいですものね。羨《うらや》ましいです。仲のよい、素敵なご夫婦だなと思いました。

麻布の英語塾に着いたのは、約束していた時間の五分前でした。グリーン先生にご挨拶してから、お嬢様方と一緒に広尾へ戻りました。

玄関の扉を開けると、奥様が何か大声で言っているのが聞こえましたが、ただいまと梨花様が言うと、旦那様と一緒に出てこられました。パパ、とお嬢様方が飛びついていきました。

旦那様はいつもお忙しいので、夕食前に戻られるのは久しぶりです。お嬢様方が喜ぶお気持ちはよくわかります。もちろん奥様も嬉しそうでした。

幸子は大慌てで旦那様の食事を追加して、ご家族のお世話をしました。旦那様の腕にぶら下がりながら、にこにこ笑っている梨花様。隣で微笑んでいる結花様。それを見つめている奥様。ホームドラマに出てくる幸せな一家団欒《だんらん》です。

夕食の後、しばらくしてから旦那様がお風呂に入られました。お嬢様方はマロンと遊んでいたのですが、もう寝る時間です、と奥様がおっしゃいました。

旦那様が珍しく早く帰られたということもあったのでしょう。お二人がちょっと不服そうな顔になりました。もう少し遊んでいたい、せめて旦那様におやすみのご挨拶をしたい、そうおっしゃりたかったのだと思います。

でも、奥様は許しませんでした。いえ、そうではありません。いきなり叱りつけたのです。親の言うことに逆らうなんて、どういうつもりなの、と叫んで二人を立たせました。

お止めしようと思いました。逆らったというのは奥様の思い違いです。もっとお父様と一緒にいたいというのは、子供なら自然なことでしょう。

でも、幸子は何も言えませんでした。奥様がキッチンの引き出しからあの竹のヘラを取ってきて、お二人の手を打ち始めたからです。あの音を聞くと、すくんでしまって動けなくなるのです。

前に見た時より、奥様は強く叩いておられました。甘えてはいけませんと言いながら、何度も何度も叩きます。

いつまでも子供じゃないのよ。大人になりなさい。ママに従いなさい。

ずいぶん長くそうしておられました。奥様が何をおっしゃっているのか、幸子にはわかりませんでした。お嬢様方も、そして奥様も泣いておられました。

不意に、もういいと竹のヘラを投げ捨てた奥様が、手当てをしてちょうだいと投げつけるように言って、その場を離れていきました。お嬢様方は泣きながら謝り続けています。

幸子は急いで薬箱を取ってきて、お二人の手に軟膏を塗るしかありませんでした。楽しい一日だと思っていましたが、これもやはりしつけなのでしょう。幸子もまだまだいろんなことを学ばなければなりません。

では、この辺で。またお手紙書きます。


神父様、すみません。思い出したことがあって、もう少しだけ手紙の続きを書いておきます。何となく、あまりいい感じがしないので、どういうことなのか教えてもらえたらと思います。

先日のことですが、いつものように奥様のお友達がいらして、お花の会があったのです。楽しくお茶を飲みながら、お花を活け、お喋りにもそれこそ花が咲いていました。幸子もお手伝いさせていただきました。

お花の会は夕方五時に終わり、毎回のことですが、奥様がおみやげにとブーケを渡して、皆様を見送られたのです。それから幸子は洗濯に出していた奥様のスーツを取りに、クリーニング屋さんへ行きました。

スーツを受け取り、商店街を抜けて帰る途中、ゴミ箱の中に見覚えのあるブーケが捨てられているのに気づいて、足が止まりました。それは奥様がお客様全員におみやげとして渡したブーケだったのです。どうしてこんなところに、と思わずゴミ箱に手を入れて、ブーケを拾い上げました。

何かの間違いで捨ててしまったのでしょうか。違うと思います。なぜかと言えば、一緒に渡したおみやげの茂野屋さんの和菓子も箱ごと捨ててあったからです。わざと捨てた方がおられるのです。

どうしてでしょう。和菓子がお嫌いだった？　口に合わない？　お花もお嫌いなものだったのでしょうか。

そうではないと思います。欲しくなかったのです。受け取りはしたけど、迷惑だった。だから捨てた。そういうことなのです。

失礼な話だと思いませんか？　いただきものを粗末に扱うなんて、そんなことがあっていいのでしょうか。

好き嫌いがあるのはわかります。亡くなったおばあちゃんは、粒あんが大嫌いで、出されても絶対に手をつけませんでした。

でも、それとこれとは違います。奥様はよかれと思っておみやげを渡されたのです。いらないからといって、その辺に捨ててしまうのは、礼儀がない人のすることでしょう。

嫌いな和菓子なら、そうおっしゃればよろしかったのですし、言えないのなら、家に持ち帰って処分するべきです。非常識です。

たぶん、持ち帰るのが面倒になってしまったのですね。幸子が見つけるなんて、思っていなかったのでしょう。東京の人はそうなのでしょうか。村の人なら、絶対そんなことはしません。

ごめんなさい、悪口になってしまいました。嫌な人、変な人はどこにでもいると神父様はおっしゃっていましたけど、そうですよね。

東京のこと、東京に住む人たちのことを嫌いになりたくありません。幸子は明日からまた元気に働きますから、ご心配なく。


神父様、幸子のお休みは日曜日です。とてもありがたいことなのですが、本当のことを言うとちょっと退屈です。

というのも、幸子には何もすることがありません。東京にはお友達もいませんし、知り合いといえば、家政婦協会の清美さんだけです。お給金は貯めておかなければなりませんから、余計なお金は使えません。

だからといって、休みの日にまで働くのは違うような気もしますし、旦那様も奥様も、休む時は休んでいいとおっしゃってくれます。でも、部屋に閉じこもっているわけにもいきません。

歩いて行ける範囲の東京見物は、だいたい終わりました。もう少し外出して、知り合いを増やした方がいいのかもしれません。神父様はどうお考えですか。

この前の日曜日、ぼんやりしていると、洗車を手伝ってくれないかと旦那様に声をかけられました。麗美が外出していて、猫の手も借りたいんだよとおっしゃるので、喜んでお手伝いすることにしました。

旦那様は新しいベンツに買い換えたばかりで、とても嬉しそうでした。自慢されるのは当然です。ピカピカの真っ白な新型のベンツ。

車体を旦那様が丁寧にワックスで磨いています。幸子はスポンジで拭いていく役を任されました。責任重大です。

「今日は代診なんだ」

旦那様がおっしゃいました。他のお医者様の代わりに、患者さんを診るのだそうです。

日曜日なのにですかと聞くと、医者には日曜も祝日もないからね、と笑っておられました。お休みでも病人は出ますから、仕方がないと言えばそうなのですが、旦那様は仕事熱心で責任感の強い方なのだと改めて思いました。

最近、旦那様は前にも増してお忙しそうです。先日、銀座でお見かけした小野寺さんという看護婦さんがお辞めになったとかで、だから余計忙しくなったとこぼされました。

　でも、口笛を吹きながら車を洗っている旦那様はとても楽しそうでした。これからお仕事だというのに、立派な方です。もう少しお休みした方がよろしいのではありませんか、と幸子は申し上げました。

「奥様やお嬢様方も、旦那様がいらっしゃらないとお寂しいと思います」

　いろいろあるんだよ、と手を動かしながら旦那様が答えました。

「クリニックでちょっとトラブルがあってね」

　クリニックでお使いになっている麻酔薬のサンプルがケースごとなくなってしまい、他の先生方が捜しているのだそうです。薬剤の管理をきちんとしておかないと、保健所や役所に怒られてしまうんだ、と冗談めかしておっしゃいました。

「いろいろ大変なのでしょうけど、奥様もお嬢様方も、旦那様をお待ちになっていらっしゃいますよ」

　そう申し上げると、幸ちゃんはどうなのかな、と旦那様が手を止めておっしゃいました。

「幸ちゃんはぼくを待っていてくれてるのかい？」

　しばらく前から、旦那様は幸子のことを幸ちゃんと呼ぶようになっていました。もちろんです、とお答えしました。

「旦那様にはなるべく早く帰っていただいて、お休みになってもらいたいです。お仕事ばかりだと、体を壊してしまいますし……」

幸ちゃんは十八歳だったたね、と旦那様が目を細めるようにして幸子のことを見ました。

「ボーイフレンドはいるのかい。長野に待ってる恋人とかは？　東京で知り合った男の子とか」

思わず笑ってしまいました。そんな人いるわけありません。幸子のことを相手にしてくれる方などいません、とお答えしました。

「そりゃ、東京の子とは違うけど」布きれをベンツの屋根に置いた旦那様が、幸子の肩についていた洗剤の泡を取ってくれました。「幸ちゃんは可愛いよ」

何度も肩を指で押されました。肉屋さんが肉質を確かめるような手つきです。

「幸ちゃんこそ、働き過ぎなんじゃないか？　肩が凝っている。マッサージしてあげよう」

ガレージの隅にあった丸椅子に幸子を座らせて、後ろに回りました。とんでもありません、とお断りしました。

「肩を揉んでいただくなんて、もったいないです。それに、そういうことはお年寄りにしてあげた方が……」

いいから、と旦那様が幸子の肩を揉み始めました。申し訳ありません。そんなに優しくしていただいて、幸子は幸せ者です。

旦那様はとてもお上手でした。肩だけでなく、背中や二の腕もマッサージしてくれます。ありがたいのですけど、くすぐったくて思わず笑ってしまいました。

「幸ちゃんは、今まで男の人とつきあったことはあるのかい？」

ありませんと答えると、本当かな、と首を傾げられました。

「本当です。そりゃあ、いいなと思う男の子がいなかったわけではないですけど……」

同級生のタカシくんのことが頭をよぎりました。どちらかと言うと不良っぽい男の子でしたけど、歌がとても上手で、練習しているところを何度か見に行ったものです。今でもタカシくんのことを思い出すと、ちょっとだけドキドキします。

「こんなふうに、手を握られたりとか」旦那様が幸子の手に自分の手を重ねました。「肩を抱かれたりとか、そういうことは？」

恥ずかしくなりました。タカシくんにそんなことをされたら……、そう思ったことがあったのを思い出したからです。

無言で旦那様が幸子の指に自分の指をからめました。男の人の指です。思わず息が止まりました。

「あの、旦那様――」

黙って、と旦那様が言いました。恥ずかしくて、幸子はどうしていいかわかりませんでした。

突然、手が離れました。顔を上げると、奥様が生垣の向こうに立っておられました。いつお戻りになったのでしょう。

「幸子さん、買い物に行ってきてもらえるかしら」

奥様が買い物カゴを差し出しました。洗車を手伝ってもらっているんだけどな、と旦那様が言いましたけど、幸子はカゴを受け取りました。買い物は家政婦の大事な仕事です。

「奥様、何を買ってくればいいのでしょうか」

「ナショナルマーケットで、シチュー用の肉を買ってきて」

奥様が自分で料理をお作りになることはめったにありませんが、シチューだけは別です。気が向くと、一日中お肉を煮込んでいることもあります。きれいなエプロンをつけて、鍋を見つめている奥様は、とてもお幸せそうです。

タオルで手を拭いて、すぐ出かけました。一時間ほどで戻ると、もう旦那様はお仕事に行かれていました。

日曜日なのにお仕事なんて大変ですねと奥様に申し上げながら、冷蔵庫に買ってきた肉を入れようとしたのですが、そこに同じナショナルマーケットの袋に入った肉がひと塊置いてありました。奥様はご自分で買ってきたのを忘れていたようです。そういう可愛らしいところが奥様にはあるのです。

幸子がそれを申し上げると、そうだったわねとだけお答えになりましたが、後は何もおっしゃいませんでした。テラスから庭を眺めているだけです。

考え事をされている時、邪魔をしてはなりません。幸子は部屋に下がりました。

その夜は、ここのところ毎週そうしていたように、商店街のパン屋さんで買ったお惣菜のパンと紙パックの三角牛乳でお腹をいっぱいにしてから、ラジオを聴いていました。すっかりパン食にも慣れてきました。

ラジオのリクエスト番組を聴きながら、マーガレットとセブンティーンを読んでいるのが、幸子の一番幸せな時間です。この時間だけは仕事のことなど忘れて、夢の世界に入り込むことができます。

ラジオの音に紛れて、すぐには気づかなかったのですが、子供部屋から大きな声が聞こえてきました。時計を見ると、八時を過ぎています。どうしたのかと思い、マンガ雑誌を置いて部屋を出ました。

聞こえていたのはお嬢様方の泣き声、そして奥様が叱っている声でした。そういうつもりはなかったのですが、立ち聞きする形になりました。お二人がどこかで買ってきたコーラを部屋で飲んでいたのを、奥様が見つけたのだとわかりました。

奥様は炭酸飲料をお飲みになりません。特にコーラは大嫌いです。頭にも体にも悪いとおっしゃり、禁止していました。

でも、子供は禁じられれば余計飲みたくなるものです。お二人が時々買ってきてお部屋で飲んでいるのは、幸子もわかっていましたけれど、いちいち注意するほどのことではないと思い、黙っていました。

それは間違いでした。奥様は今まで見たことがないほど怒っておられるようで、叱りつける声はほとんど怒鳴り声に近くなっていました。

あの竹のヘラでお二人を叩いているのがわかりました。ドアの向こうから、竹のヘラが空気を切る音が伝わってきたからです。

言うことを聞かない。ぴしり。約束を守らない。ぴしり。可愛げがない。ぴしり。何度言っても直らない。ぴしり。クズ。ぴしり。情けない。ぴしり。豚。ぴしり。

どれぐらい続いていたのか、幸子にはわかりません。お二人が許してくださいと何度も泣きながら訴えていました。でも、止む気配はありません。それどころか、音はますます大きくなっています。

お嬢様方が悪いのはその通りです。言い付けを守らなかったのはお二人で、だからしつけをしているのだとわかっていましたが、耐えられずにドアを開けていました。

「奥様、もうよろしいのではないでしょうか」

差し出がましいと思いながらも、幸子はお二人をかばって抱きしめました。

「もうお止めください。お二人ともよくわかったと思います。お許しください」

竹のヘラを落とした奥様が、薬箱を、と低い声でおっしゃいました。幸子は階段を駆け下りて薬箱を取りに行き、すぐに戻りました。

蓋を開いた奥様が軟膏を取り出し、目に涙を一杯溜めながら、ごめんなさいねと繰り返しました。

「あなたたちのためにしたことなの。ママを許してね、ごめんなさいね」

呪文《じゅもん》のように言いながら、軟膏を手に塗っています。幸子もお手伝いしました。

気が緩んだのでしょうか、お二人が激しく泣き出しました。奥様は顔を両手で押さえたまま、部屋を出ていかれました。

手当てを終え、お二人がベッドに入りました。反省しているのでしょう、体が小刻みに震えていました。

明かりを消して、幸子は部屋を出ました。寝かせておいた方がいいと思ったのです。

それから幸子も床につきました。その晩、ずっと嫌な夢を見ました。子供部屋から泣き声が聞こえてくる夢です。痛い、という叫び声を聞いたように思いますが、夢の中のことですので、よくわかりません。そのまま眠ってしまいました。

朝になって起き出し、朝食の準備をしていると、お嬢様方がリビングに降りてきました。あまり元気はありません。特に結花様は暗い顔をされていましたが、昨晩のことを思えばそれは仕方ないことなのでしょう。トーストをお出ししたのですが、お二人とも牛乳だけしかお飲みになりませんでした。

グラスを置いた結花様が、テーブルから落ちたナプキンを取ろうとして、手を伸ばしました。その拍子に、ブラウスが少しめくれて、背中が見えました。何本か赤い線が素肌に浮かんでいました。

奥様は背中も竹のヘラで叩いたようです。とても痛そうでしたが、余計なことを申し上げるのもどうかと思い、黙っていました。せめて手だけにしておいた方がよろしいのではと、いずれ奥様に申し上げようと思いました。

神父様、いろいろ考えてしまいます。幸子は槇原村の子供でよかったかもしれません。では、また。

二章　夏

神父様、お体の具合はいかがでしょうか。幸子は元気ですけど、東京の夏は長野と違って暑さが厳しいです。初夏だというのに、ちょっと出歩くだけで汗だくになってしまいます。

聞いてください、嬉しいことがありました。お友達ができたのです。お嬢様方がピアノを習っている、小柳千尋先生とおっしゃる方です。

千尋先生は幸子より七つ上で、二十五歳ですから、お友達というと失礼なのかもしれませんが、先生の方から言っていただいたので大丈夫だと思います。東京で初めてできた友達です。

千尋さんからは、呼び捨てでも構わないと言われていますけど、やっぱりそこはどうしても遠慮してしまいます。だって先生は私立の名門麻布音大を優秀な成績で卒業されたピアニストですし、バッハとメンデルスゾーンを尊敬してらして、スタイルもよく、とてもおきれいな方ですから。

音大を卒業された後、東都フィルオーケストラに招かれてピアノを弾いておられたのですが、体調を崩してお辞めになり、今は広尾や麻布の子供たちに教えているのだそうです。幸子なら家にいて何もしないで寝てますと申し上げると、そうはいかないの、と笑っておっしゃいました。

千尋さんは東京にご実家があるのだと思っていましたが、新潟の出身なのだそうです。清楚な見かけからは想像もつきませんが、苦学生で、麻布音大には奨学金で通われていたのです。神父様もよくおっしゃってましたけど、人を見かけで判断してはいけませんね。

大学の時は、麻布十番にある寮に住まわれていたそうですが、卒業すると出なければなりません。新潟から上京して、ずっと寮生活をしていたので、他の町へ越すことなど考えられないまま、大学に紹介された広尾のアパートで暮らしているのです。

ピアノを子供たちに教えて、生計を立てているということでした。お若いのに、苦労をされているのです。

千尋さんが梨花様、結花様にピアノを教えることになったのは、一年ほど前だと伺いました。普通はもう少し早く始めるのではないでしょうかと申し上げると、前にもう一人教えていた方がいたそうよ、と千尋さんがおっしゃいました。

その方は山手音大ピアノ科の現役の学生さんだったのですが、奥様と意見が合わずにお辞めになったそうです。それが二年前のことで、千尋先生がいらっしゃるまで一年近く空いていたというのですが、やっぱりお嬢様方にピアノを習わせたいと奥様は思われたのでしょう。幸子も娘がいたら、同じように考えたと思います。

それもあって、お嬢様方が今習っているのは、いわゆる赤いバイエルです。幸子が聴いていても、あまりお上手でないのがわかります。

時々、千尋さんがお手本のために弾くのですが、それはそれは素晴らしい音色です。お嬢様方はまだ小学生ですし、初心者と同じですから、仕方ないのですけど。

千尋さんと仲良くなったきっかけは、ヒメノです。練習の後、いつもお茶を出すのですが、その時台所で幸子が歌っていたのが聞こえたらしく、それってヒメノの新曲よね、とおっしゃいました。

びっくりして、どうしてご存じなのですかと聞きました。千尋さんはクラシックしか聴かないと思っていたのに、ヒメノの新曲を知ってるなんて不思議です。

あまりに驚いた幸子の顔がおかしかったのか、大きな声でお笑いになった千尋さんが、クラシックだけを聴いてるわけではなく、ラジオやテレビも全部チェックしていて、実は歌謡曲が大好きなの、と声をひそめておっしゃいました。

子供の頃から好きだったけれど、麻布音大にいた時は同じクラスの学生さんにそんな話はできなかったそうです。そういう大学ではなかったから仕方ないと思っていたけど、本当はヒメノやヒロコの話がしたかった、と目を輝かせておっしゃいました。

それは幸子も同じです。奥様や旦那様には通じない話ですし、家政婦協会の清美さんは美空ひばりと都はるみしか聴きませんから、幸子もアイドルの話をしたかったですと申し上げました。

それなら友達になりましょう、と千尋さんがおっしゃいました。こちらこそと幸子も頭を下げました。

それから三週間ほど経った昨日、奥様のお言いつけで広尾の商店街で買い物をしていたら、千尋さんとばったり会って、お茶でも飲みましょうと誘われました。そんなことを言われたのは東京に来て初めてです。少しくらいなら遅くなっても奥様も許してくださるだろうと思って、ナショナルマーケット横のあんみつ屋さんに入りました。

幸子が抱えていた紙袋を見て、いつも大変ね、と千尋さんがおっしゃいました。全然そんなことはありません。買い物は一番好きなお仕事です。

ナショナルマーケットには、村で見たこともないような野菜や果物や、アメリカからの輸入品がたくさん並んでいます。色もきれいで、見ていると映画の登場人物になったような気分になります。店をぐるぐる歩き回っているとそれだけで幸せですと申し上げると、そうじゃなくて、と千尋さんがみつ豆を食べながらおっしゃいました。

「雨宮の家は、お給金の他にお小遣いがもらえるのは知っている。あたしも普通の家の倍もらっているし……でも、大変じゃない？」

そう言って、幸子の顔を見つめました。ちっとも、と答えました。

「家政婦の仕事なんて、そんなに面倒なことはないです。家政婦協会で聞いた話ですけど、もっと大変な家はたくさんあるみたいですよ。ちょっとぼんやりしているだけで怒られたり、食事もお風呂も家族が終わった後じゃないと駄目とか……雨宮の家はそんなことありません。ご飯も一緒のテーブルで食べますし、幸子だけの部屋もあるんです」

それならいいんだけど、と千尋さんがにっこり笑いました。

「あたしはそろそろ辞めようかなって……いろいろ難しいこともあるし」

奥様のことでしょうか、と周りを見ながら聞きました。奥様はとてもお優しいのですが、教育方針などにはご自分のルールがおありです。意見が合わないと、前のピアノの先生がそうだったように、辞めるしかないのかもしれません。いろいろあるの、と千尋さんがスプーンを持つ手を止めて、しばらく黙り込みました。

「たいしたことじゃないんだけど……せっかく幸ちゃんと友達になれたのにとは思うけど、これ以上はやっぱり難しい」

「お辞めになるなんて、おっしゃらないでください」千尋さんともっとお話ししたいです、と幸子は申し上げました。「都合が合えば、休みの日に東京を案内してくれるとおっしゃいましたよね」

「別に辞めたからって、友達じゃなくなるわけじゃないから」千尋さんが優しく幸子の手を取りました。「幸ちゃんは日曜がお休みよね？　今月いっぱい、あたしは日曜に教えなきゃならない子がいるから無理だけど、それが終わったら遊びに行きましょう。どこでも行きたいところがあれば言ってね。幸ちゃんよりは詳しいはずだから」

銀座、と幸子は答えました。東京と言えば銀座というイメージがあります。

にっこり笑った千尋さんと指切りをして、来月二人で出かける約束をしました。まだお喋りしていたかったのですけど、戻らなければなりません。

ワリカンであんみつ代を払って、店を出ました。神父様、幸子は東京に慣れてきています。

月に一度、家政婦協会へ来て話をするように、と清美さんから言われていました。法律で決められているのだそうです。昔と違って、労働条件について、雇われている本人が状況を報告しなければならないのです。

「家政婦は奴隷じゃないんだから」

協会の会議室でお茶を飲みながら、清美さんが言いました。東京に来たばかりの頃は、清美さんも丁寧な言葉遣いで幸子と話してましたけど、最近はそんなこともありません。乱暴と言えばそうなのですが、幸子のことを姪っこぐらいに思っているのでしょう。

「住み込みだと、家政婦としての仕事の範囲を超えてしまうようなことも命じられたりもするからね。常識の範囲なら仕方ないけど、あんまりひどい場合には、こっちから言わなきゃならないこともあるし」

全然大丈夫です、と幸子は答えました。

「旦那様も奥様もとてもお優しいですし、お嬢様方は可愛らしくて天使のようです。ちょっとからかわれたり、お皿を割って奥様に叱られたり、そんなことはありますけど、でもそれは幸子のせいですから」

他の家政婦の人の話を聞くと、合わない家で仕事をするのは辛いそうです。家にはそれぞれやり方というか、習慣があります。それになじめなかったり、あるいはどうしても心が通じないようなご家族もいるでしょう。

幸子の場合、そういうことはありません。優しくて愉快な旦那様、時に厳しいことをおっしゃるけれど、思いやりのある奥様。二人のお嬢様も明るく元気です。たまに悪戯《いたずら》されたりもしますけど、小学生のすることにいちいち腹を立てるほど、幸子は子供じゃありません。

「幸ちゃんはいい子だね、名前の通り幸せ者だよ」清美さんが苦笑いを浮かべました。「あたしが若い頃は、家政婦っていうのは行儀見習いとか花嫁修業とか、そういう意味合いがあったから、厳しいことを言われても苦にならなかったけど、最近の子はちょっと叱られたり、嫌なことがあるとすぐ辞めるんだよ。雪乃ちゃんもそうだった。もうちょっと我慢できないのかとも思ったけど、こればっかしはね……何も不満がないというなら、それはそれでいいでしょう」

「雪乃さんは、突然辞められたんでしたね？」

辞めたというより逃げたんだよ、と清美さんが分厚い唇を突き出しました。

「最近の子は責任感がなくてね……何が気に入らなかったのか、勝手にいなくなって。あの時は本当に迷惑したよ。実家に帰ると置き手紙だけ残して、何の挨拶もなく辞めるなんて非常識すぎると思わないかい？　しかも、実家に帰ったというのは真っ赤な嘘だったし」

「嘘？」

「鳥取の実家の連絡先はわかってたから、確認の電話を入れたんだ。そうしたら、何のことですかって。帰ってないって言うんだよ」馬鹿にしてる、と清美さんがぷりぷり怒り出しました。「もっと給料のいい仕事を見つけたんだろうね。たぶん水商売だよ。ちょっときれいな子は、すぐそういう楽な方に行くから……ああ、幸ちゃんのことは心配してないよ。器量が悪いなんて言ってないけど、ホステスなんかには向いてないって、自分でもわかってるだろ？」

ずけずけとものを言うのは、いつものことです。もうちょっと痩せなきゃ無理、と言いたいのはわかりましたけど、別に気になりません。

幸子は男の人と話すのが下手ですし、苦手です。ホステスさんなんて、とても勤まりません。それでいいんだよ、と慰めるように清美さんが言ってくれました。

「女の幸せは何といっても結婚だもの。幸ちゃんはきっといいところにお嫁に行ける」

幸子もそう思いますとうなずくと、清美さんは大笑いしていました。

こんにちは、神父様。この前は千尋さんのことを手紙に書きましたが、お嬢様方の家庭教師の宗像先生についても書いておきたいと思います。青鵬大の理工学部の学生さんで、三年生ですから二十歳か二十一歳だと思います。

背が高くて、すらりとした体つきで、優しい感じのする方です。どちらかというと、幸子はもっとがっしりとした体格の方が男らしくていいなあと思うのですが、とてもハンサムな男性です。剣道の有段者だそうですが、お名前は忍《しのぶ》さんとおっしゃいます。女の人みたいですね。

幸子と年が近いですから、お兄さんのように感じられます。すごく真面目で、あまり笑ったところを見たことがありません。もうちょっとニコニコしてくれたら、話しやすいのですけど。

宗像先生は週に二回いらして、お嬢様方に勉強を教えます。理工学部ですから得意なのは算数で、お二人に問題を出して、競わせるようにして教えるのです。

梨花様はとても熱心で、いつも素早く答えを出します。やはりお姉様ですから、妹の結花様より早く答えたいのでしょう。

でも、梨花様は時々簡単な計算ミスをしたり、間違えることがあります。幸子が思うに、どうやらわざとそうしているようです。間違えると、宗像先生は悲しそうな顔になって、丁寧に最初から教え直すのですが、梨花様はそれが嬉しいのです。

宗像先生の話では、お二人とも頭がいいけれど、梨花様は数学的才能が飛び抜けているのだそうです。宗像先生がそれをおっしゃると、梨花様はとても喜ばれます。

青鵬大の学生さんですから、勉強は何でもお得意なのかと思っていましたが、どちらかというと国語は苦手だそうで、特に教えるのは難しいようです。算数と違って、絶対に正しい答えがありませんから、簡単ではないのでしょう。大学生が小学生に教えるのですから、どう説明していいのかわからないということもあるのかもしれません。

国語の文章問題について、梨花様が質問すると、宗像先生はどう答えるべきかじっと考え込むこともあります。梨花様は答えがわかっていて、わざと質問することもあるようです。考えている宗像先生の横顔をじっと見つめている時、梨花様は息が止まるぐらい真剣なまなざしになります。大人のような目になることもたびたびです。

梨花様にはそういうところがあると、幸子は思っていました。年上の男性に憧れているのかもしれません。

逆に、梨花様は同じくらいの年齢の男の子が嫌いです。あれだけお美しく、可愛らしく、しかも成績は常にトップで、クラスの女王様なのですから、小学校の男の子たちからとても人気があります。登下校の送り迎えは幸子の仕事ですから、よくわかるのですが、梨花様の美少女ぶりは近所の中学校でも有名なようで、わざわざ見に来る子も大勢います。芸能人みたいです。

でも、梨花様は相手にしません。同じ六年生はもちろんですが、中学生に話しかけられても、振り向きもしません。

梨花様は特別な方です。それをご自分でもよくわかっておられるのでしょう。

あの子たちとは口を利くだけで汚れるから話したりしては駄目、と結花様にいつも言い聞かせているのは幸子も聞いていました。頭が悪くて、汚くて、不潔で、粗雑で、程度が低いの、とおっしゃいます。もちろん、結花様は梨花様に言われた通りにします。

パパみたいな人ならいいの、と梨花様はいつもおっしゃいます。梨花様が旦那様のことを大好きなのは、端《はた》から見ていて微笑ましくなるほどです。

お仕事が忙しい旦那様は、なかなか帰っていらっしゃらないのですが、帰ってくれれば梨花様が独占します。結花様より、奥様より、いつも一緒にいます。手をつないで、胸に顔を埋められている様子は、まるで恋人同士のようです。

旦那様も、それが嬉しいようです。これは神父様だけに申し上げますけど、旦那様は結花様より梨花様の方が可愛いのだと思います。

双子の娘ですから、愛情も等分に注がれるのではないかと思っていましたけど、どちらかということになれば、旦那様は迷わず梨花様を選ぶでしょう。結花様には申し訳ないのですが、それは本当です。

旦那様は梨花様のことを、小さなお姫様とか、ぼくの子猫ちゃんとか、いろいろなあだ名で呼びます。結花様のことは名前でしか呼びません。

父親としてそれはどうなのかと思わなくもないのですが、梨花様は生まれつき備わった女王様のような気品と、子供とは思えないほど上手に甘える女らしさをあわせ持っていますから、どうしてもそういうことになってしまうのでしょう。

父親でなくても、あんなふうに接してこられたら、可愛い子だと思わずにはいられないはずです。幸子に対しても、時に冷たく突き放したり、かと思えば手を握って離さないぐらいに甘えてくることもあります。そんな梨花様から、幸子も目が離せません。

唯一、宗像先生だけが梨花様と結花様に同じように接します。二十歳を超えている先生にとって、十近くも年の離れている女の子は同じに思えるのでしょう。

それが不満なのか、梨花様はいつも宗像先生の体のどこかに触れています。とても自然で、子供とは思えないほど慣れた、色っぽい仕草です。見ていて、変な気分になることもあるぐらいです。幸子にはあんなことできません。

宗像先生は誰にでもわけへだてなく優しい方なので、幸子に対してもいつも丁寧に挨拶してくれます。あまりお喋りではないので、何でも話せるわけではありませんが、もしお兄さんがいたら、こんな感じなのかなと思うと、もっと仲良くなりたいです。

でも心配しないでください。宗像先生はあくまでも「東京のお兄さん」なのです。

神父様、今日は長かったです。幸子はちょっと疲れてしまいました。もう二時を過ぎていて、とっくに寝る時間は過ぎているのですけど、何となく寝付けないので、こうして手紙を書いています。

今日は千尋さんのピアノレッスンの日でした。珍しく早くお帰りになった旦那様が、お嬢様方のピアノの腕がどれぐらい上がったのか知りたいとおっしゃって、レッスンの様子を眺めておられました。

最初は座ってにこにこしながら見ていたのですが、自分にもピアノを教えてほしいと言い出しました。旦那様は冗談がお好きな方ですから、そんなことをおっしゃるのは幸子も慣れています。適当に弾いて、お嬢様方を笑わせようと考えたのでしょう。

千尋さんは、子供に教えるのが専門で、大人の方は無理ですと断っていましたが、いいじゃないかと二人のお嬢様をピアノの前からどかして、自分が椅子に座られました。困ります、と言った千尋さんの腕を取り、二人で連弾しようとピアノを弾き始めたのです。

旦那様はあまり音楽に興味がない方で、ピアノどころかハーモニカも吹けません。ただ鍵盤を叩いて音を鳴らし、それで喜んでいました。無邪気というか、子供みたいな方です。音はメチャメチャでしたけど、お嬢様方も喜んで笑ったり手を叩いたりしていました。

ドミソだよね、と言いながら旦那様がピアノを叩き、こうかな、と聞きました。違いますと答えた千尋さんの手に、ちょっと教えてほしいなと自分の手を重ねられました。

それからしばらく、そんなことが続きました。旦那様はずっと何かささやいていましたけど、何を言っているのかはわかりませんでした。千尋さんは困ったように首を振っていました。

五分ほど経ったところで、奥様がリビングに入ってこられた時、今日はこの辺にしておこう、と旦那様がピアノから離れました。レッスンの邪魔をしてはいけません、と奥様に叱られると思ったのかもしれませんね。

お嬢様方がピアノの前に座り、またレッスンが始まりました。奥様はその様子をじっと見つめていましたけど、気がつくといなくなっていました。

千尋さんが帰られてから、ご家族揃っての夕食の時間になりました。旦那様がいるのが嬉しいのか、お嬢様方はとても楽しそうでした。はしゃいでいたと言っても、いいかもしれません。

旦那様と奥様がにこやかにお話をされています。幸子は給仕をしながら、夢に描いていたような一家団欒の光景に、心が温かくなる思いでした。本当に幸福そうです。

いつかこんなふうに暮らしたいとぼんやり考えていたら、身振り手振りを交えてお喋りしていた梨花様が、グラスを倒してしまいました。話すのに夢中で、つい手が当たってしまったのでしょう。

こぼれたジュースは、すぐに幸子が拭いたのですが、自分でやりなさいと奥様が命じました。表情が強ばり、顔色が青白くなっていました。

梨花様と結花様が、二人でテーブルクロスと床を拭き、幸子もお手伝いしました。床はフローリングですから、拭けばきれいになります。テーブルクロスは洗濯しなければなりませんが、それは幸子の仕事です。

よろしいでしょうかと申し上げましたが、奥様は幸子を無視して、梨花様と結花様の手を引っ張り、二階に上がっていきました。旦那様は煙草を吸うと言って、テラスに出ていかれました。

幸子が後片付けをしていると、二階から泣き声が聞こえてきました。奥様がお二人を罰しておられるのです。

しつけなのはわかりますが、わざとしたことではないのですから、あまりひどく叱ってはかわいそうです。様子を見るために、二階へ上がりました。

泣き声は浴室から聞こえてきました。泣き声というより、悲鳴でした。思わず浴室のドアを開けると、服を着たままのお二人に、奥様がシャワーを全開にして水を浴びせていました。

「どうしてジュースをこぼしたりするの！」

怒鳴り声が浴室の壁や天井に反響して、何重にもなって聞こえました。いくら母親でも、水をかけるのはやりすぎではないでしょうか。シャワーのノズルを交互にお二人に向けています。服も髪の毛も何もかも、びしょ濡れでした。

奥様の叫び声が、耳に突き刺さってきます。お止めください、と幸子は叫んでしまいました。

「出ていきなさい！」

奥様が幸子にシャワーノズルを向けました。水の勢いに、足を滑らせて転んでしまいましたが、容赦なくシャワーの水を浴びせられ、息ができなくなるほどでした。

「こうしなければわからないのよ！　あなたにはわからない。わたしがどんなに苦しいか、どんなに胸を痛めているか」

振り向いた奥様が、またお嬢様方に水を浴びせかけました。ごめんなさいごめんなさいと繰り返し謝りながら、二人とも泣いています。

「こんなことをしたい母親がいると思ってるの？　そんなはずないでしょう。お腹を痛めて産んだ我が子です。でも、甘やかすことは許されない。立派な大人になるためには、世の中にルールがあることを教えなければなりません。それがどんなに辛いか、あなたなんかにわかるはずない。出ていきなさい！」

幸子を足蹴にした奥様が、浴室のドアを凄まじい勢いで閉めました。叩いても返事はありません。聞こえてくるのは奥様の怒鳴り声とお二人の泣き声、そしてシャワーの水の音だけです。

どうしたらいいのかわからないまま、浴室の外に立ち尽くしていると、いきなり声が止み、静かになりました。いてもたってもいられず、ドアを細く開けて中を覗き込みました。

浴室にいたのは奥様だけでした。シャワーも止まっています。お嬢様方はどこへ行ったのでしょう。

いなくなるはずがありません。広いとはいえ、浴室は浴室です。お嬢様たちはどこに消えたのでしょう。

浴槽の蓋が、かすかに持ち上がるのが見えました。プラスチックの蓋です。浴槽からは水が溢れていました。

蓋の隙間から指先が出ています。一瞬、ずぶ濡れになった梨花様の顔が見えたように思いますが、すぐに奥様が腕をつかんで浴槽に戻しました。

シャワーノズルは浴槽の中に突っ込まれています。奥様がお二人を浴槽に押し込み、蓋を閉め、水を注いでいるのだとわかりました。

溢れ出ているのですから、水は一杯なのでしょう。くぐもった悲鳴が聞こえました。お二人が溺れかけているのです。

お嬢様たちはそれぞれプラスチックの蓋を頭で持ち上げ、息をしているようでした。でも、奥様はすぐに上から押さえつけて、また沈めています。細い腕のどこに、そんな力があるのでしょう。

梨花様が息を吸い込むために顔を上げると、奥様が頭を押さえて水の中に戻します。結花様がやっとの思いで呼吸すると、それもまた沈めるのです。その繰り返しが、延々と続いていました。

お止めくださいとドアの隙間から叫んだのですが、奥様は機械のように同じ動きを繰り返しています。幸子では駄目だとわかり、一階に駆け下りました。旦那様に止めていただくしかありません。

でも、どこへ行かれたのか、姿は見えませんでした。リビングにも、お庭にもいらっしゃいません。どうしていいのかわからず、幸子は泣いてしまいました。

二階へ戻るしかありません。脱衣所から浴室のドアを叩くと、ようやく出てこられた奥様が、幸子さん、と落ち着いた声でおっしゃいました。

「娘たちを出して、体を拭いておいてください。風邪をひかせないように」

目の前を奥様が通り過ぎていきました。何事もなかったような顔をされています。いつものようにお優しく、お美しい奥様でした。

浴室のドアを開けると、お二人が浴槽にもたれるようにして座っていました。ママごめんなさい、とうつろな声が響いています。

六月の夜で、暖かい日でしたが、冷たい水に長く浸かっていたため、お二人とも体は冷えきっていました。顔は真っ青で、歯の根も合わないほど、がたがた震えています。水を飲んでしまったのでしょう。激しく咳き込んでいます。

大きく開いた結花様の口から、驚くほど大量の水が吐き出されました。

バスタオルを取ってきて、お二人の服を脱がせ、体を拭きました。いくらこすって体を温めても、震えは止まりません。

幸子はまた泣いていました。いくら何でも、これはやりすぎです。児童虐待ではないでしょうか。でも、梨花様が幸子の腕をつかんで首を振りました。

「ママは悪くない。悪いのは結花なの」

「結花様？」

「ふざけていた結花がいきなり腕を伸ばして、梨花にぶつかった。それでグラスが倒れてジュースがこぼれたの。そうよね、結花。梨花は悪くない。何も悪くない。梨花は何もしていない。ぜんぶ結花のせいでしょ結花が悪いに決まってる」

お止めください、と申し上げました。呪いの言葉を唱えるように罵り続けていた梨花様が、怖くなったのです。座ったままの結花様の腰を、梨花様が蹴飛ばしました。

「あんたのせいでこんなことになった。あんたのせいなんだよ。あんたが悪いそうでしょあんたが悪いあんたが悪いあんたがあんたがあんたが」

ごめんなさい、とぐったり倒れたままの結花様が顔を浴室のタイルに押しつけたままおっしゃいました。ごめんなさいごめんなさい、と謝り続けています。

何も言えないまま、幸子はお二人の体を乾かし、子供部屋で着替えさせました。ようやく震えが止まったお二人を、毛布にくるんで抱きしめました。少しでも温めなければならないと思ったのです。

「幸子さん、降りてきて。娘たちも連れてきてね」

階下から奥様の声が聞こえてきました。一瞬体をすくませた二人が、人形のように立ち上がりました。

下に行く、とおっしゃるのです。ママが呼んでる。だから行かなきゃ。

止めるわけにもいかず、幸子も一緒に下へ降りました。リビングで新聞を読んでいた奥様が、紅茶を淹れてありますとおっしゃいました。優しい香りが漂っています。

「クッキーを出してあるから、お食べなさい。幸子さん、あなたもいかが？」

幸子は奥様を見つめました。どうすればいいのかわからなかったのです。あなたにはわからないことなの、と諭すようにおっしゃった奥様が、座りなさいと微笑みました。

「あなたは親じゃない、そうでしょ？　まだ二十歳にもなっていない娘です。親の気持ちは、親でなければわかりません。そうよね」

そうかもしれません。でも、いくら何でも、あそこまでしなくてもよかったのではないでしょうか。

「あなたにもいつかわかる時がきます。ずっと先のことですけど」奥様がテーブルについたお二人の頭を撫でました。「わかってるでしょう? あなたたちのためにしたことなの。ママはね、したいわけじゃないのよ。ママを困らせないで。あなたたちのせいで、買ったばかりのスリッパが使いものにならなくなったじゃない」

紅茶に口をつけていた梨花様が、強ばった頰に笑みを浮かべながら、ありがとうママと言いました。その隣では結花様が頭を垂れていました。後をお願いね、と言って奥様がリビングから出ていかれました。

お嬢様方は無言でクッキーを口に運んでいます。二人が食べ終わり、自分たちの部屋に入るのを待って、ティーカップや皿を片付けました。

それ以上何をする気にもなれず、部屋に戻りました。神父様、とても疲れました。何だか、とてもとても疲れてしまいました。

神父様、ごぶさたしています。梅雨の気配がしてきましたね。東京の梅雨は湿気がすごいそうです。ちょっと憂鬱です。

この前はお電話いただき、ありがとうございました。ご心配おかけして、申し訳ありません。

あの後、奥様に呼ばれてお話ししました。シャワーはともかく、浴槽に沈めたのはやりすぎてしまったと、とても後悔されておられました。つい感情的になって、と幸子に頭を下げられたのです。お嬢様方にも謝ったということでした。

あくまでもしつけの一環のつもりだった、と奥様はおっしゃいました。それは幸子もわかっているつもりです。甘やかしてばかりでは、親としての責任を投げ出したも同然です。

幸子も、差し出がましいことを申し上げてすみませんでした、とお詫びしました。もう二度とあんなことはしませんと奥様が約束してくださいましたので、もう大丈夫です。心配なさらないでください。

それはともかくとして、不思議なことがありました。聞いていただけますか？

今朝、いつものようにペットのマロンというマルチーズと、熱帯魚に餌をあげていました。決まったドッグフードと魚用の餌しかあげてはいけないと言われています。むしろその方が楽ですから、それはいいのですが、ふと気づいて数えてみたら、十四いるはずのネオンテトラという魚が八匹しかいないのです。

小さい魚ですから、見間違えたのかもしれないと思って、何度も数えてみたのですが、やっぱり八匹は八匹です。どういうことなのでしょう。

魚を飼っている水槽は、上を細かい目の網で覆っているので、逃げることはできません。ただ、ネオンテトラはかなり小さいですし、大きくジャンプした時にうまくすり抜けてしまったということもありえます。今までそんなことは一度もありませんでしたけど、そういうことなのでしょうか。

でも、二匹です。一匹ならわかりますが、そんな偶然が二度続くでしょうか。もしそうだとしても、いったいどこへ行ったのでしょう。

床には落ちていません。魚ですから、水の外では呼吸もできないはずです。死んだのかもしれませんが、ではどこに消えてしまったのでしょうか。

首をひねっていると、奥様がリビングに入ってこられました。息が少しお酒臭いように思いました。このところ、奥様は寝酒を飲む習慣ができたようです。

何かご存じではないでしょうかと伺うと、たぶん主人よ、とおっしゃいました。知りませんでしたが、ネオンテトラは人気があって、好きな方同士で、繁殖のためにお互いの家に預けたりするのだそうです。そのために持ち出したんでしょう、ということでした。

「困るのよ、どうして男の人はどんどん数ばかり増やそうとするのかしら。後のことを何も考えないのよね」

　それは少しわかる気がします。男の人って、そういうところがありますよね。特に旦那様は子供っぽいところがおありですから、夢中になると後先考えられなくなってしまうのでしょう。

　ただ、昨夕見た時は十四いたように思います。夜中に帰ってきてから、持ち出されたということなのでしょうか。

「そうでなかったら、幸子さんの言う通り、水槽の外に飛び出てしまったのかもしれないわね」まさか、と奥様が顔をしかめました。「マロンが食べたのかしら。嫌だわ、そんなの。お腹をこわしたらどうしましょう」

　どうなのでしょうか。マロンは夜の間、ケージで眠っています。一度寝たら、朝ごはんの時間まで起きてきません。

　でも、ケージの出入りは自由ですから、夜起き出して、飛び出したネオンテトラを食べてしまったのかもしれません。血統書付きとはいえ、そこは犬ですから、お腹が空けば何でも食べてしまうでしょう。

　念のため、一階を全部調べましたが、見つかりませんでした。後でお嬢様方にも聞いてみましたが、知らないとおっしゃいます。

やはり、奥様が言った通り、旦那様が持ち出したのでしょう。お伺いしなければと思っていましたが、夜遅くに帰ってきてから、またすぐに出かけてしまいましたので、お話しできませんでした。

不思議な出来事だと思っていましたけど、こうやって改めて考えてみると、やっぱり旦那様がしたことなのですね。納得がいきました。つまらないことを書いて、すみませんでした。

神父様、先日はわざわざ東京までお出でいただいて、ありがとうございました。久し振りにお会いできて、とても嬉しかったです。まさか新宿の喫茶店で、神父様と二人でお茶を飲むなんて、考えたこともありませんでした。

もっとゆっくりお話ししたかったのですが、幸子の都合で、すぐ失礼しなければならず、申し訳ありませんでした。お盆には四、五日お休みをいただけることになっていますので、村に帰ります。その時、またお話しできればと思っています。

いろいろお気遣いいただき、ありがとうございました。家政婦協会にもご挨拶してくださったそうですね。後で清美さんから伺いました。幸子のために、そんなことまでしていただいて、お礼の言葉もないほどです。

幸子は元気に働いているのですかと、清美さんに聞いてくださったそうですが、あまり心配なさらないでください。幸子は元気で、楽しく過ごしています。

　今日は嬉しいことがありました。旦那様と奥様のはからいで、秋から専門学校へ通うことが決まったのです。お勤めした時から、そういうお願いをさせていただいてましたが、こんなに早いとは思ってませんでした。

　いずれは幸子もそういう学校へ行って、勉強したいと考えていました。でも、授業料や時間のこともあって、難しいのもわかっていました。

　急に話がまとまったのは、旦那様が授業料を出してくれるとおっしゃったからです。専門学校との時間の調整がつけば、運転免許も取りに行きなさいと勧めていただきました。

　幸ちゃんは一生懸命働いてくれてるから、ごほうびだよと旦那様が笑顔でおっしゃいました。少しぐらいなら家政婦としての仕事を減らしてもいいと、奥様も賛成してくださいました。

　清美さんとも相談して、英会話の専門学校に通うことに決めました。これから何をしたらいいのか、自分でもよくわかっていないのですが、英語が話せるようになれば、将来何かの役に立つのではないでしょうか。

　そしてもうひとつ、宗像先生も幸子に勉強を教えてくれることになりました。専門学校の話を聞いた先生が、英語だったら少しは教えることができると申し出てくれたのです。

それは申し訳ないです、と一度はお断りしました。勉強を教えていただけるのは嬉しいですけど、謝礼をお支払いできません。宗像先生は現役の大学生ですから、幸子に教える時間があったら、他のアルバイトをされた方がいいと思ったのです。

でも、お金はいらないとおっしゃっていただきました。奥様もそうしなさいと勧めてくれたこともあり、せっかくのご厚意ですので、お受けすることにしました。

幸子がお休みの日曜日、英語を中心にその他の勉強も教わることになりました。もともと日曜はお休みですから、何をしても構わないと旦那様も奥様もおっしゃっています。

旦那様からは、せっかくのお休みに勉強だなんて、幸ちゃんも大変だねとからかわれましたけど、幸子は本当に勉強がしたいのです。嬉しいです。ありがたいことです。これも神父様と神様のおかげです。

今夜から、寝る前のお祈りの時間を増やしたいと思います。本当にありがとうございました。

お盆休みには、村に帰って久し振りに教会で神父様や子供たちと会えて嬉しかったです。夜遅くまで神父様とお話しできて、とても楽しい時間を過ごすことができました。

神父様にとって、幸子はいつまでも子供の一人なのですね。何度も、長野に戻ってきてはどうかとおっしゃっていましたが、そんなに心配なさらなくても大丈夫です。幸子はもう大人なのです。

東京に戻ってみると、やっぱり村は田舎だなあと思ってしまいます。友達と会ったり、子供たちと遊んだり、通っていた教会に行ったり、それはそれで楽しいのですけど、東京と比べると何もありません。

神父様、どうやら幸子は東京の方が合っているようです。それとも、これが東京に染まってしまったということなのでしょうか。

雨宮家での仕事がまた始まりましたが、お休みをいただいたのは四日だけですから、何も変わりはありません。夏休みでお嬢様方がお家にいる時間が長いので、相手をしなければならないのがちょっと大変ですけど、でも楽しいです。

変わったことがあるとすれば、初めてのお客様がお見えになりました。有坂《ありさか》様という女性です。一緒にいらしたのは榊原《さかきばら》様という奥様で、前から親しくされている方でした。

お茶を出していた時、三人で話している声が聞こえてしまいました。今までもおつきあいのあった佐川《さがわ》様と豊泉《とよいずみ》様という、近所にお住まいの奥様のことです。

ちょっと聞こえただけですので、よくわかりませんでしたが、榊原様はお二人のことを悪く言っていたようでした。いつも親しげにされていたと思っていたのですが、仲違《なかたが》いでもされたのでしょうか。

でも、わかるところもあります。前に幸子が見つけた商店街のゴミ箱に捨てられていたおみやげのお菓子のことは手紙にも書きましたが、あれは佐川様と豊泉様が捨てていったのだと、榊原様が厳しい口調で言っておられました。

奥様はとても悲しそうでした。友達だと思っていたのに、と涙ぐんでおられました。榊原様と有坂様が一生懸命慰めていました。

佐川様と豊泉様のことは、もちろん幸子もよく知っています。何度お見えになったかわかりませんが、来るたびに奥様のことをいつも誉めそやし、羨ましいと言っていました。こんなきれいな奥様に憧れていると言っていたようにも思います。こんな立派な家に住みたい、お医者様のご主人と可愛い双子のお嬢様に囲まれて、奥様はお幸せだ、奥様のようになりたい、そこまでおっしゃっていたはずです。

でも、本心は違っていたのでしょう。奥様が裏切られたと思い、傷つくのは当然です。幸子も佐川様と豊泉様に腹が立ちました。ひどい人たちです。きっと、奥様のことを妬んでいたのでしょう。

これからは何でも有坂様に相談してはどうかしら、と榊原様がおっしゃいました。有坂様は白のかっちりした清潔そうなスーツを着た、背の高いとても痩せた方です。

白い服のせいかもしれませんけど、村の学校にいらした養護の倉持《くらもち》先生を思い出しました。肩に痛い注射を打つと、子供たちから怖がられていたあの倉持先生です。

ちょっと硬そうな感じの髪を後ろでまとめ、厳しい表情でうなずいていました。顎がすごく張っていて、きれいな方とは言えませんけど、とても真面目そうで、立派な感じがしました。年は奥様より十ほど上ではないでしょうか。

有坂様はあまり喋らず、奥様の話をうなずきながら聞いておられました。帰りがけに、いくつかきれいな宝石のようなものを渡されていましたけど、ずいぶん気前のいい方ですね。奥様は大事そうに受け取り、後で自分のお部屋に飾っておられました。

それ以外、変わったことはありません。また手紙を書きますね。


九月に入りました。お嬢様方は新学期、そして幸子はいよいよ麻布の専門学校に通うことになりました。ちょっとドキドキです。

神父様もご存じの通り、幸子はあまり勉強が得意じゃありません。正直言うと、苦手な方です。

学校では英語と英会話を習うのですが、高校の時、一番成績が悪かったのがまさにその英語でした。苦手だからこそ頑張りたいと思っていたのですが、簡単なテストのようなものがあり、幸子は下から二番目のクラスに入ることになりました。

そこにいるのはほとんどが小学五、六年生で、中学生もいますけど、幸子が一番上です。年下の子に交じって、中学一年生ぐらいが習うような初歩から教えられるのです。ちょっと恥ずかしいですけど、頑張ります。

その話をすると、毎週日曜日に宗像先生がいらした時に、専門学校の教科書に沿った形で、英語を教えていただくことになりました。先生はとても真面目で、勉強のこと以外あまりお話しになりません。とはいえ、少しぐらいは雑談もします。

この前の日曜日、英語を教わった後、少し先生のことをお聞きしました。今は理工学部に籍を置いているのですが、もう一度勉強し直して、東峰《とうほう》医大を受け直すおつもりだそうです。向上心がある、立派な人だと思いました。

「本当は最初からそうしたかったんだけど、東峰医大は難しいからね。浪人したくなかったから、青鵬大に入ったんだけど、やっぱり医者になりたいから」

どうしてですかと聞くと、子供の頃大病をしたんだ、とお答えになりました。小学校を一年ほど休学なさったそうです。

「その時に治療してくれたのが、奥様のおじいさまだったんだよ」

それは知りませんでした。奥様のおじいさまもお医者様だったのですね。宗像先生の説明によれば、その頃おじいさまが経営されていたクリニックを継いだのは、大学の後輩だったお医者様だそうです。

おじいさまとしては、自分の肉親に継がせたいと考えておられたようで、本当だったら奥様のお父様が継ぐはずだったのですが、事故で亡くなられてしまったということでした。やむなく後輩の方に院長を任せていたのだけれど、奥様が旦那様と結婚されたため、跡継ぎができたわけです。それで旦那様が正式にクリニックを引き継ぐことになったのです。

旦那様のご実家もお医者様だと聞いています、と幸子は言いました。

「やっぱり、おじいさまの代からお医者様だったとおっしゃっていたように思いますけど」

それは勘違いじゃないかな、と宗像先生がおっしゃいました。

「ご主人は苦学生で、栃木かどこかの私立医大を卒業して、東京に出てきたはずだ。大学病院で勤務医をしていた時に奥様と知り合って、それで結婚したと聞いたよ。雨宮というのは奥様の姓で、つまりご主人は婿養子に入ったんだ」

幸子は知りませんでした。初めて聞く話です。

「いや、ぼくもそんな噂を聞いたというだけで、詳しいことは知らないんだ」口が滑った、と先生が苦笑しました「聞かなかったことにしてくれるかい。つまらないことを言ってしまった」

もちろんです、と幸子は答えました。噂話を言いふらすようなことはしません。

「幸ちゃんを教えるのは、外の方がいいのかな」

宗像先生が話題を変えました。どうなのでしょう、と幸子は首を捻りました。宗像先生が勉強を見てくれている時、お嬢様方がいろいろ話しかけてくるのが、少しばかり悩みの種になっていたのです。

お二人とも先生が幸子に教えるのを見ていて、質問したり、もう飽きたから遊ぼうとおっしゃったり、そのせいで中断してしまうこともしょっちゅうで、正直なところそれには困っていました。

二時間ほどとはいえ、先生は幸子のために時間を割いて教えてくれています。一分でも無駄にするのは失礼でしょう。

「だって、幸子は勉強なんかしたって仕方ないでしょ」そういう時、いつも梨花様は笑いながらおっしゃいました。「大学に行くわけでもないんだし、英語を話せるようになったって、得することは何もないじゃない」

そうかもしれませんが、幸子は勉強がしたいのです。これからの女性は手に職をつけていなければならないと、神父様はいつもおっしゃっていました。幸子もその通りだと思います。勉強をして損になることはありませんよね。

旦那様と奥様も同じ意見です。雨宮の家で働いていたあなたが社会に出た時、教養のひとつも身についていないというのでは恥ずかしい、と奥様はおっしゃいます。

この前も、勉強の邪魔をしてはいけません、と梨花様をたしなめてくださいました。わかってるとお答えになっていましたが、奥様がいなくなった後、幸子の耳元でこうおっしゃいました。

「調子に乗ったらダメだからね」大人びた言い方でした。「勉強を教えてもらうのはいいけど、それだけなんだから。いい気にならないで。宗像先生に優しくされたからって、喜んでちゃダメ。先生が幸子に勉強を教えるのは、ついでのことなんだよ」

ませているのはよくわかっていましたけど、子供扱いしてはいけないのですね。しっかりしたことをおっしゃいます。

「あんまり調子に乗ってると、嫌われちゃうよ」

梨花様がはやしたてるようにおっしゃいました。隣で、結花様も手を叩いていました。嫌われちゃうよ、嫌われちゃうよ。

宗像先生は、そんな話があったことをご存じありません。単純に、家より外の方が勉強がはかどるということで、そうおっしゃってくれているのです。

「でも、勉強を教わるために、毎回外へ行くわけにはいかないです」

お断りするしかありません。それもそうだね、と宗像先生もうなずいておられました。

神父様、こんにちは。九月も終わりに近づいてきたのに、東京はまだ暑いです。毎日セミがうるさく鳴くのは村と同じです。

先週の日曜、英語を教えていただいた後、宗像先生と少しお話をしました。雪乃さんは田舎に帰ったのかな、と先生がいきなりおっしゃったので、びっくりしました。

「雪乃さんって、幸子の前に家政婦をしていた人ですよね」

そうだよ、と先生がうなずかれました。よく考えてみると、先生はしばらく前から家庭教師をされていたのですから、雪乃さんのことをご存じなのは当然です。

「田舎には帰っていないと聞いています。家政婦協会の清美さんも、どこにいるのか知らないとおっしゃっていました」

「彼女に会ったことは？」

ありません、とお答えしました。

「写真は見ました。幸子より二つ上だそうですね。きれいな人だなと思いました」

雪乃さんは和風の美人で、名前の通り、肌が雪のように白かったのはよく覚えています。

「実は、五万円ほどお金を貸してたんだ」困ったような顔で先生がおっしゃいました。「どうしてもお金が必要だと切羽詰まった顔で言うから貸したんだけど、連絡も取れないし……」

五万円と言えば、幸子がいただいている毎月のお給金の半分ほどです。大学生の宗像先生にとって、小さな金額ではありません。返してほしいと思うのは当たり前です。どうしていきなり辞めたんだろう、と先生が首を傾げました。

「雪乃さんはぼくが家庭教師を始めるちょっと前から、雨宮の家で働いていたそうだけど、何か不満でもあったのかな。置き手紙だけ残していなくなるなんて、そんな人には見えなかったけど」

先生にはわからないと思います、と申し上げました。雪乃さんの気持ちは、幸子の方がわかります。

「地方から東京に出てきた女の子にできる仕事は限られています。家政婦もそのひとつですけど、一生できる仕事なのか、続けていけるのか、何とも言えません。お給料のこともあります。十分なお金をいただいて感謝してますけど、やっぱり会社とは違いますから、将来のことを考えると……何かいい仕事、やりたい仕事が見つかったら、辞めるしかないというのは幸子も同じです」

そうなんだろうけど、と先生が顔をしかめました。でも、先生のような立派な学歴がある方と幸子たちは違うのです。

「雪乃さんは、何か違うお仕事を見つけたのだと思います。雨宮の家では、幸子と同じようによくしていただいたはずですから、余計言いづらくなって、黙って辞めるしかなかったのでしょう。気持ちはよくわかります」

幸ちゃんの言う通りだね、と宗像先生が恥ずかしそうに頭を下げました。

「雪乃さんも幸ちゃんも、いろいろ大変だよね。よく考えずにつまらないことを言って悪かった」

もちろん、雪乃さんにもよくないところがあるのは本当です。お世話になった家や家政婦協会に、ひと言もなく辞めるというのはあまりにも失礼ですし、宗像先生に借りていたお金を返さなかったというのも、いいことではありません。

ただ、どうしようもなかったのだろうと想像はできます。宗像先生がそれをわかってくれたので、幸子はとても嬉しく思いました。

千尋さんとは、月に二、三度外で会うようになりました。年内いっぱいで雨宮家のピアノ教師を辞めることにしたとおっしゃったのは、十月最初の日曜のことでした。

辞めようと思っているという話は聞いていましたから、驚きはしませんでした。でも、どうして辞めようと決心されたのか、それはよくわかりません。

子供たちにピアノを教えて生活費を得ている千尋さんにとって、いっぺんに二人の生徒さんがいなくなるのは痛手だと思います。それとも、代わりに教える生徒さんがもういるのでしょうか。

「そんなにうまくはいかない」お茶を飲んでいた西麻布の喫茶店で、千尋さんが苦笑いされました。「いくら広尾といっても、ピアノを教えてくださいという子供が簡単に見つかりはしないよね。どの家にもピアノがあるわけじゃないし……今でもぎりぎりの暮らしで、生活は楽じゃないけど、辞めるって決めたの」

もしかしたら、梨花様と結花様の覚えが悪いからでしょうか。習うのを中断していた時期がありましたから、それほどお上手でないのは、幸子にもわかっていました。

「そうじゃない。まだ小学生なんだし、そんなにすぐ上達するものでもないし」

千尋さんが言いました。そうですよね、幸子はピアノどころか、笛も吹けません。

「ただ、あの二人はそんなにピアノが好きじゃないんだろうなって……奥様が習わせたいと思ってらっしゃるのはよくわかるけど、あたしはピアノを好きで習いたいという子に教えたいの。無理にやらされることほど苦痛なものはない。そうでしょ？」

その通りだと思います。でも、雨宮家のようなお金持ちのお嬢様なら、誰でもピアノを習うものではないでしょうか。そんな家が近所に多いのは、散歩していればピアノの音が聞こえてきますから、幸子もわかっているつもりです。

「……幸ちゃんはもう気づいてるでしょ？　奥様には、そういうところがあるの」言いにくそうにしていた千尋さんが、唇の間から言葉を押し出しました。「娘にピアノやバレエを習わせたり、塾に通わせたり、家庭教師をつけたり……それがいけないって言ってるんじゃないのよ。だけど、その前にやりたいかどうか、本人に聞いてみるべきじゃないかって思うの」

そうでしょうか。お嬢様方に習い事をさせたりするのが、間違ってるとは思えません。

「奥様もお医者様の家に生まれ育って、自分も習い事をされていたわけですよね？　お嬢様方にも同じようにさせたいというのは、おかしくないと思いますけど」

千尋さんは何も言わず、黙ってコーヒーを飲んでいました。しばらくして、あたしは雨宮の家の人たちにあまりよく思われていないから、とつぶやきました。

「奥様にですか？　そんなことはないと思いますけど」

子供たちにも、とおっしゃいました。横顔がとても哀しそうでした。

「家に来てほしくない。そう思ってるのがわかるの」

そんなふうには見えません。お嬢様方は二人とも、千尋さんのことをきれいなピアノの先生と呼んで慕っています。

「それに、旦那様は喜んでますよ」

何も言わず、千尋さんが顔を背けました。これ以上は話したくない、と思っている様子でした。

「宗像くんにも話した。もう辞めるって」

幸子は知らなかったのですが、千尋さんは宗像先生と連絡を取り合っているようでした。もっとも、それは当然の話で、お二人はずっと前から雨宮の家に出入りしているのですから、顔を合わせることもあったのでしょう。

いいえ、違います。千尋さんは、宗像くんと言いました。いくら鈍感な幸子でもわかります。千尋さんと宗像先生は、おつきあいされているのです。

そうなんですねと聞くと、ちょっと赤くなった千尋さんが、誰にも言っちゃ駄目よ、と言いました。宗像先生はまだ学生さんで、千尋さんより四つ下です。宗像先生が大学を卒業するまで、知られたくないのだそうです。そんなこと気になさらなくても、と幸子は言いました。

「とてもお似合いですし、素敵なことだと思います。そりゃあ、宗像先生は学生さんですし、もう一度医学部に入り直すおつもりだと聞いています。お医者様になるのは、何年も先ですよね」

「そうね」

「もし結婚とか、そういうことになったら、しばらくは千尋さんが働いて家計を支えることになるんでしょう。親御さんは心配なさるでしょうけど、幸子は応援します」

ああ羨ましい、と冷やかしました。幸ちゃんは本当にいい子ね、と千尋さんが照れながら笑いました。

幸せになれますよ、と幸子は胸を叩いて保証しました。本当にそう思います。幸せな二人を見ていると、幸子も幸せになれる気がします。

「ケンカしちゃ駄目ですよ。仲良くしてくださいね」

わかってる、と千尋さんがうなずきました。どうしましょう神父様、もしかしたら幸子は結婚式に呼ばれるかもしれません。何を着ていけばいいのでしょうか。

十二月になりました。広尾の家の多くが、門や家の壁をクリスマスっぽく飾りつけしています。

幸子もちょっと浮き浮きしていました。村にいた時、年に一度のクリスマス会は、一番の楽しみでした。子供たちと教会の庭にツリーを立てるのが大好きだったのです。

　このひと月ほど、雨宮の家に来るお客様の数が少なくなっていました。お友達を招いてティーパーティを開いたり、お花を教えるのを奥様がお止めになったからです。どうしてなのか、それはわかりません。

　ただ、有坂様と榊原様だけは別です。別というより、ほとんど毎日のように会ってらっしゃいます。

　お二人が家に来ることもありますし、外で会うこともあります。毎晩、電話で長い時間話したりすることも増えていましたけど、それもお二人のどちらかなのでしょう。

　十二月三日の夜、有坂様と榊原様と外で食事をされて戻ってきた奥様は、これまでになく元気で明るいご様子でした。少し時間が遅かったのですけど、今年のクリスマスは家族だけでお祝いするから、今から家の飾りつけをしましょうとおっしゃいました。

　お嬢様方も幸子も大喜びして、夜中まで色紙を切ったり貼ったり、花や飾りを作ってリビングをクリスマスパーティ用に模様替えしました。とても楽しかったです。

　クリスマスには、お嬢様二人のピアノ発表会もあります。翌朝、そのための衣装が届きました。とても可愛いピンクのドレスです。お二人にとてもよくお似合いでした。

　発表会は麻布音大の会場で開かれます。千尋さんのお仲間が企画したイベントなのだそうです。そのためもあって、週二回だったピアノレッスンが三回に増えました。

千尋さんも今まで以上に熱心に教えています。年内でお辞めになることが決まっていましたから、余計指導に熱が入ったのでしょう。

その甲斐あって、決してお上手ではなかったお二人ですが、ずいぶん上達しました。お二人はパッヘルベルのカノンを連弾されるのです。

ああ神父様、やっぱりクリスマスは素敵ですね。奥様は二週間前から、クリスマスケーキの仕込みに入り、毎日楽しそうにされています。奥様は日に何度も幸子にお使いを命じ、広尾の商店街はもちろん、渋谷まで出てクリスマス用の買い物をすることもありました。

幸子が外苑前に買い物に出た時、表参道の交差点で千尋さんの姿を見かけたのは、十二月二十日のことでした。声をかけようと思ったのですが、停まっていた車に乗り込んで、そのまま走り去ってしまいました。車種はわからなかったのですけど、遠目にもきれいに磨いてある真っ白な車だったことはわかりました。

千尋さんの横顔が強ばっていたように思いました。渋谷の街はすっかりクリスマスの装いで、街を行き交う人たちはみんな笑っていたのに、千尋さんはちっとも楽しそうではありませんでした。何か嫌なことがあったのかもしれません。気にしても仕方ないですね。

神父様、少し早いですけど、クリスマスカードを贈りました。

いよいよ待ちに待ったクリスマスがやってきました。神父様、メリークリスマス！

教会の子供たちに、少しですけど東京のお菓子を贈りました。届いてますか？

今日はイブです。明日のクリスマス、二十五日の午後、お嬢様方は発表会があるので、もう何時間もピアノを弾き続けています。発表会には幸子も呼ばれています。神父様も素敵なクリスマスをお過ごしください。


神父様に手紙を書くのは、幸子にとって一番の楽しみで、お返事をいただくと本当に嬉しいです。何でもあったことを書きなさいと言われてますし、そう思っているのですが、今日のことを書くのは辛いです。最後まで書けるかどうかわかりませんけど、読んでいただければと思います。

今日、二十五日の朝は大騒ぎでした。いつもより早く起きて、ご家族のご飯を作り、マロンや熱帯魚に餌をあげて、その後すぐお嬢様方をドレスに着替えさせたり、外出の用意をしたり、届けられた七面鳥のローストが大きすぎたので、冷蔵庫にあった肉を全部捨てなければならなくなったり、それはそれは大変でした。

旦那様は昨夜急患が出たために帰れなかったので、お嬢様たちは不機嫌そうで、幸子もどうしていいのかわかりませんでした。お医者様という仕事は大変ですね。クリスマスでも病人がいれば、診察しなければならないのですから。

旦那様がいらっしゃらないので、タクシーを呼び、奥様とお嬢様方、そして幸子の四人で麻布音大へ向かいました。ぎりぎりまでお二人がピアノの練習をしていたので、遅刻寸前でしたけど、どうにか間に合いました。

本当だったら、千尋さんが正門まで迎えに来てくれるはずだったのですが、風邪で高熱が出たので行けなくなり、申し訳ありませんと昨日の夜に連絡が入っていました。でも、代わりの人が待っていて、音楽堂の控え室まで連れていってもらいました。

控え室には、二、三十人の子供がいました。ほとんどが小学生で、何人か中学生もいたようでした。それぞれ、麻布音大の卒業生などにピアノを教えてもらっている子供たちです。

みんなに先生がついて、最後の練習をしていました。千尋さんがいないので、梨花様と結花様は心細そうにしていました。後で別の音大生がいらして、二人の練習を見てくれたので、それでようやく安心したようです。

保護者は例外なく、発表会の前に客席に戻らなければならないと言われてしまいました。控え室はそれほど広くないので、両親や幸子のような者がいると、邪魔になるのです。幸子は緊張した表情の奥様と一緒に、客席へ移動しました。

生まれて初めて音楽堂を見たのですけど、とても立派な建物です。音楽と演劇が中心の大学だからなのでしょう。大学生の方たちも、ここでコンサートを開いたり、劇を演じることがあるのだそうです。

奥様はよほどお嬢様方のことが心配なのでしょう。昨夜からほとんど話しませんし、眠ってもいないようでした。

先に客席で待っていた宗像先生と、奥様を挟んで席につきました。ようやくひと安心です。辺りを見回すと、席は満員でした。千人ほど入る音楽堂は人、人、人です。両親や関係者、子供たちの同級生や先生、そして麻布音大の学生さんなどもいらしているようでした。

しばらくすると、大学の先生なのでしょうか、白髪で長い髭の男の人が出てきて、クリスマスのピアノ発表会を始めますとおっしゃいました。すぐに出てきたのは小学一年生ぐらいの小さな女の子でした。発表会は年齢順でピアノを演奏すると、千尋さんから伺っていました。

六歳ぐらいの女の子が、たどたどしい指の動きでピアノを演奏するのを見ているのは、とても愛らしくて心が温まります。コンクールではありませんから、上手か下手かは二の次です。何度も間違えていましたけど、堂々と弾き終わり、会場から一斉に拍手が起きました。

その後も小さな女の子が一人、あるいは二人で出てきては、ピアノを演奏しました。驚くほどお上手な子もいましたし、さすがにどうなのでしょうかと苦笑してしまうような男の子もいたりして、クリスマスらしくとても楽しい催しです。毎年恒例になっているというのも、わかるような気がしました。

梨花様と結花様の名前が読み上げられたのは、後半が始まってすぐのことでした。笑みを絶やさず、胸を張って客席に手を振った梨花様。ちょっとうつむきかげんで、不安そうな結花様。

お二人がピアノの前に座り、連弾でパッヘルベルのカノンを弾き始めました。とてもお上手です。練習した甲斐がありましたね、と幸子は隣の奥様につぶやきました。

もちろん完璧な演奏だったというわけではありません。まだ小学生ですから、ミスがあるのは仕方ないでしょう。

幸子にもわかるくらいのミスタッチもありましたけど、ピアノを弾くお二人はとても愛らしく、素敵でした。少しぐらい間違えても、それはご愛嬌というものです。

お二人が演奏を終え、一礼しました。客席からは今までで一番の拍手が起こっていました。幸子も痛くなるぐらい手を叩きました。

それから三十分ほどで、発表会に出演していた子供たち全員が演奏を終えました。控え室までお嬢様方を迎えに行った奥様を、宗像先生と二人で音楽堂の出口で待っていると、千尋さんはどうしたのかな、と先生が不意につぶやきました。

「昨日のクリスマスイブ、会う約束をしてたんだけど、待ち合わせていた喫茶店に来なかったんだ」

「そうなんですか……でも、千尋さんは風邪をひいて、すごく熱が高かったそうですから、外出できなかったのでしょう。今日の発表会も、本当だったらお越しになるはずでしたけど、昨日連絡があって――」

　アパートには電話したんだ、と宗像先生が顔をしかめました。

「何かあったのかもしれないと思ったからね。だけど、彼女は出なかった」

「熱がひどかったら、電話には出られませんよ。宗像先生がご心配されるのはわかりますけど」幸子は先生の肩をつついて、冷やかしました。「幸せですね、千尋さんは。こんなに先生に思われてるなんて」

　どうかな、と宗像先生が小さく息を吐きました。表情が真剣でした。

「他につきあっている人がいるんじゃないか、そう思ってるんだ。昨日もその人と会ってたんじゃないかって……」

　そんなことあるはずないです、と幸子は首を振りました。

「千尋さんはそういう人じゃありません」

先生は何もおっしゃいませんでした。気分が塞いでいるのは別のことですよね、と幸子はもう一度先生の肩をつつきました。

「年内いっぱいで、千尋さんがピアノ教師をお辞めになりますから、家でお会いできなくなるのが寂しいのでしょう？」

からかったつもりでしたけど、先生は少し笑って肩をすくめただけでした。そんなことで寂しくなったりはしないという意味なのでしょう。ちょっと羨ましくなりました。

しばらくすると、奥様がお嬢様方を連れて出ていらっしゃいました。宗像先生とはそこで別れ、タクシーで広尾の家に戻りました。

タクシーに乗っている間、とてもお上手でしたよ、素敵でしたねと幸子は申し上げたのですが、二人は何も答えませんでした。奥様もです。

家に着くと、奥様がお嬢様方の手を引っ張って、タクシーからさっさと降りていきました。幸子は料金を支払ったりしていて、家に入るのが少し遅れました。

玄関を開けた時、二階から悲鳴が聞こえてきました。梨花様でしょうか、それとも結花様でしょうか。

急いで二階に上がりました。悪い予感というのは当たるものです。浴室で奥様が二人のお嬢様にシャワーの水を浴びせていました。お止めください、と奥様に申し上げました。

「ドレスがびしょ濡れです。そんなことをしてはかわいそうで――」

何で間違えたの、と奥様が水を浴びせながら低い声でおっしゃいました。幸子の声など、耳に届いていないご様子でした。

「どうしてあんなミスを？　恥ずかしい、情けない。どういうつもりなの！」

確かに、幸子にもわかるぐらいの間違いがあったのは本当です。耳が肥えている奥様には、他のミスもおわかりになったのかもしれません。

でも、お二人とも小学六年生で、プロではありません。ピアニストを目指しているわけでもないのです。

発表会には、お楽しみ会の意味もありました。演奏を競うのではなく、あくまでも一年間の練習の成果を発表する場に過ぎません。

上手下手より、楽しいかどうかが大事なのです。多少間違ったからといって、いくら何でもこれはやりすぎです。

前にもこんなことがありましたけど、あの時は夏でした。今は十二月です。大量に冷たい水を浴びせかけられたお二人の体から、湯気が立ちのぼっていました。お止めくださいと申し上げたのですが、奥様はますます水の勢いを強くしました。

「結花が間違えたの」梨花様が泣きながら叫びました。「結花がいけないの。結花のミスなの。梨花は何も間違ってない梨花は正しいいつだって梨花は正しい正しい」

大きく開けた口に水が入って、むせながらも、梨花様は自分のせいじゃないと叫び続けました。隣で結花様も、ごめんなさいと謝りながら泣いています。浴室に二人の叫び声と泣き声が重なって、耳がおかしくなりそうでした。

それでも、奥様はお許しになりませんでした。幸子にも氷のような水をかけて、浴室から追い出し、ドアをぴったり閉めたのです。

中で何をしているのか、確かめる勇気はありませんでした。奥様はお二人を叩いているようで、嫌な音が何度も響きました。

どうして？ どうして間違えたの？ 何で？

いつまでもいつまでも、奥様の怒鳴り声が続いていました。幸子は耳を塞いで、階段を駆け降りました。

どうすればいいのかわかりません。お止めしなければならないと思うのですが、足がすくんで動けません。誰に助けを求めればいいのでしょう。

その時、玄関の扉が開いて、旦那様がお帰りになりました。幸子は階段を上がり、旦那様が帰られましたと風呂場のドア越しに叫びました。

すぐに出てきた奥様が、二人の着替えをお願いと言いました。

「今からクリスマスディナーを始めるから、それも手伝ってね、急いでちょうだい」

階段を降りていった奥様は、いつものように優しく笑っておられました。言われた通り、お二人を着替えさせました。可愛いドレスはびしょびしょで、美しいサテンの飾りもレースも外れていました。

冷たい水を長い間浴びせ続けられたお二人は、全身ずぶ濡れでまるで溺れているようでした。寒い寒いと震えながら泣いている体を抱きしめ、髪の毛にドライヤーを当て、体を拭き、新しい服を着せたのですが、それでも震えは止まりません。顔色は青を通り越して真っ白でした。

そうしている間も、梨花様は結花様のことをずっと怒っていました。あんたがミスしなければ間違えなければ、こんなことにはならなかったのにと鋭い声で怒鳴り続けています。結花様はずっと詫びておられました。ごめんなさいごめんなさいごめんなさい。

今も耳に声が残っています。なだめる言葉もなく、幸子はお二人を抱きしめているしかありませんでした。

奥様の呼ぶ声がしました。少し落ち着いたお二人と一緒に下へ降りると、きれいに飾りつけられたリビングのテーブルに、奥様と旦那様が並んで座っておられました。

ロウソクの火に照らされているご夫婦はとても素敵で、美しくて、幸福そうで、お似合いでした。

クリスマスディナーを始めましょう、と奥様が微笑みました。梨花様はいつものように旦那様にしがみつくようにして、顔を胸に埋めておられました。結花様は一人で座り、肩を上下させていました。震えているのです。

結花様には、どこにも逃げ場がありません。あんな恐ろしい目にあったというのに、誰にもすがることができない結花様。でも、気丈に涙を堪《こら》えて、切り分けられた七面鳥のローストを食べ始めたのです。

神父様、これが今日あったことです。幸子はとても、とても疲れました。おやすみなさい。

遅くまで眠れなかったので、朝、少し寝坊してしまいました。

起き出してキッチンに行くと、梨花様と結花様が並んでガス台の前に立って、鍋をかきまぜていました。昨夜のうちに奥様が作られたのでしょうか、美味しそうなシチューが煮込まれていました。

幸子がやりますからと申し上げたのですが、ママに頼まれたとおっしゃいます。今までも時々、奥様がシチューをお作りになる時は、お嬢様方も手伝っておられました。

何時間も煮込むので、奥様がずっとついているわけにもいきません。幸子や、お嬢様方に頼むこともありました。焦げつかないようにかき回すだけですから、子供でもできます。

シチューの優しい香りが、キッチン全体に広がっていました。とてもいい匂いです。シチューをお任せして、朝食の準備をしていると、旦那様と奥様が二階から降りてきました。

お二人が朝から食事を取るのは珍しいことです。五人で食卓につき、シチューとパン、そしてサラダという朝食を取りました。とても美味しかったです。

学校は冬休みに入っていますから、お嬢様方はそのまま庭に出て遊び始めました。奥様はソファで雑誌を読んでいます。旦那様は仕事があるとおっしゃって、お出掛けの準備を始めていました。とても静かな朝です。

クリニックに行ってくるとおっしゃった旦那様を、奥様と幸子で玄関まで見送りに出ました。マロンにご飯はあげてくれたかな、と旦那様がおっしゃいました。そういえば、今朝はマロンを見ていません。どこへ行ったのでしょうか。

ドッグフードはいつものお皿に入れておきましたとお答えすると、よろしく頼むよ、と手を振って出かけていきました。気をつけて、とひと言おっしゃった奥様が、またソファに戻っていきました。

神父様、前回の手紙から、間が空いてしまってすみません。年賀状を出したきり、ひと月近く経ってしまいました。改めて、あけましておめでとうございます。

新年に入ってからのことを、簡単に書いておきたいと思います。三が日、幸子は雨宮家にいました。日頃は洋風の暮らしをしていますが、お正月はさすがにおせちやお雑煮を食べます。

三が日は旦那様もお休みですから、一家揃ってお正月をお過ごしになるのです。皆さん、にこにこしておられました。

旦那様はお嬢様方と、それから幸子にもお年玉をくれました。一万円も入っていました。もったいなくて使えません。袋ごと、自分の部屋の戸棚にしまっておくことにしました。

でも、三日間なんてあっという間ですね。四日から旦那様はクリニックに出勤されるようになり、七日からはお嬢様方も学校です。またせわしない毎日が始まりましたけど、日常が戻ってきたということなのでしょう。

戻ってこないのはマロンでした。クリスマスの翌朝にいなくなってしまって、それっきりです。

逃げちゃったのかも、と梨花様がおっしゃいました。放し飼いにしていましたから、そういうこともないとは言えません。

年末、そして年が明けてからも、幸子はずっとマロンを捜していました。空いた時間を見計らっては広尾の街を歩き回り、白いマルチーズを見かけませんでしたかとご近所を回ったのですけど、誰も見ていないということがわかっただけでした。

一番可愛がっていた旦那様はもちろん、奥様も、お嬢様方もとても寂しそうでした。あんなに可愛がっていたのに恩知らずな犬ね、と奥様が憎まれ口を利きましたけど、それぐらいマロンのことを心配されていたのです。

でも、いなくなってしまった犬を捜すのは、とても難しくて、結局見つけることはできませんでした。旦那様もがっかりされていましたけど、仕方ないから別の犬を飼おうとおっしゃいました。幸子は警察や保健所に届け出て、マロンのことを捜してもらうことにしましたけど、どうなるのかちょっとわかりません。

年が明けて十日ほど経った頃、千尋さんが雨宮の家に来られました。十二月いっぱいでピアノ教師をお辞めになっていたのですが、風邪をひいて発表会に来られなかったので、新年の挨拶とお詫びをかねて伺いましたとおっしゃっていました。

その時、幸子も少しお話ししました。ピアノ教師を辞めても、お友達であることに変わりありません。

これからも会ってくださいねと言うと、そうね、とだけおっしゃって、後はずっと何も言いませんでした。心ここにあらず、という感じです。

奥様にご挨拶だけして、そのままお帰りになりました。門の外まで幸子が送っていくと、梨花さんと結花さんは元気なの、と聞かれました。お二人は旦那様と散歩に出ていて、家にいらっしゃらなかったのです。

もちろんお元気ですと答えると、それならよかったとおっしゃいました。でも、他に何を話していいかわからないようで、落ち着きなくずっと辺りをきょろきょろ見回していました。何かあったのでしょうかと伺いましたが、お答えになりません。おっしゃりたいことはあるのだけど、うまく言えない。そんなふうに見えました。

顔色もあまり良くなく、ずいぶん痩せておられるようでした。風邪が重かったのでしょうか。心配になって、しばらく一緒に広尾の街を歩きました。

もういいから、とおっしゃったのは高樹町《たかぎちょう》の交差点に出た時です。ちょっと悲しくなりました。大切なお友達です。悩みがあるなら話してほしいと思いましたが、千尋さんはただ首を振るだけでした。

「宗像くんに謝っておいてほしい」

最後にそうおっしゃって、千尋さんが手を振りました。謝るというのはどういう意味でしょう。ケンカでもしたのでしょうか。哀しそうな背中に声をかけたのですが、千尋さんはそのまま歩いていかれました。

それきり、お会いしていません。その後、何度も電話をしたのですが、出ないのです。

　去年の年末、一月十五日の成人式の日に二人で会う約束をしていたのですが、何時にどこで会うと決めていなかったので、それ以上どうすることもできませんでした。その日は奥様と旦那様のお言い付けで、お二人と一緒に朝から出掛けることになったのですけど、それを伝えることもできなかったのです。

　宗像先生が家にいらした時、その話をしました。千尋さんが謝っておいてほしいとおっしゃっていましたとお伝えすると、ぼくも連絡が取れないんだ、と宗像先生が心配そうな表情になりました。

「いったいどうしたんだろう。様子がおかしかったのは、幸ちゃんも知ってるよね？　何かあったのかな」

　それはわかりません。何も聞いていないのです。前にアパートの住所は聞いていたので、一度買い物の帰りに訪ねてみました。

　部屋のドアを叩いたのですが、返事はありませんでした。いらっしゃらないようです。そうなると、幸子にはどうすることもできません。

　隣の部屋に住んでいる方に、千尋さんはどこへ行ったのでしょうと聞くわけにもいきませんから、そのまま帰りました。友達といっても、そこまで踏み込むことはできないのです。

　神父様、一月にあったことといえば、それぐらいです。幸子は元気に暮らしていますから、ご心配なさらないでください。では、また。

神父様、また手紙を出すのが遅くなってしまいました。前の手紙が一月の末でしたから、ひと月ぶりになります。ご心配をおかけして本当にすみません。

今日は日曜日だったのですが、朝八時頃家のチャイムが鳴りました。玄関に出てみるとコートを着た二人の男の人が立っていました。年配の方は田辺《たなべ》、若い方は菅原《すがわら》と名乗り、警察手帳を見せて、ご主人はご在宅ですか、と優しい声でおっしゃいました。

幸子はびっくりして、旦那様と奥様にお伝えしました。日曜でしたが、クリニックへ行く用意をしていた旦那様と奥様が出てこられて、少し話していましたが、結局二人の刑事さんを家に上げることになりました。

「朝早くから申し訳ございません」若い方の刑事さん、菅原さんが説明を始めました。「実は、小柳千尋さんのことを捜しております。こちらでピアノを教えていたそうですが、少しお話を伺えればと」

「捜しているというのは、どういう意味でしょう」

旦那様の質問に、ご両親から捜索願が出ているんです、と菅原さんがお答えになりました。

「一月の半ばから連絡が取れなくなっていると、警察に相談がありまして……ご両親は新潟にお住まいなのですが、手紙や電話で連絡を取っていました。最後に電話があったのは、一月の十日頃だそうです」

「そうですか」

「二月に入り、ご両親がアパートの管理人さんに連絡したところ、ひと月ほど姿を見ていないということがわかりました。管理人の話では、二月分の家賃は支払い済みだったので、旅行にでも行ってるのだろうぐらいにしか考えていなかったそうです。先週、ご両親が正式に捜索願を提出したのですが、その時点では正直なところ警察も深刻には考えていませんでした。数週間連絡が取れないぐらいでは、捜すと言ってもなかなか……」

事情はわかります、と旦那様がおっしゃいました。先週から千尋さんのお友達などに話を聞いていました、と菅原さんが頭をがりがり掻きました。

「親しくしていた友人、あるいはピアノを教えていた家の方に確認したところ、一月十五日前後を境に、連絡が取れなくなったということがわかりました。断りなく、ピアノのレッスンを休んでいるのですが、非常にきちんとした方で、休むにしても辞めるにしても、いきなりこんなことはしないはずだと話して下さる方も多くて、どうも様子がおかしいと我々も考えるようになったわけです」

一月十五日という日付を聞いて、幸子はちょっと妙に思いました。千尋さんと会う約束をしていた日です。いったいどういうことなのでしょう。

旦那様が先を促しました。新潟のご両親に上京してもらい、立ち会いのもと部屋に入ったんです、と菅原さんがしかめ面で説明を続けました。

「荒らされた様子などはなく、ご両親によると無くなっているものもないようです。おそらくですが、一月十五日前後に何かあって、行方がわからなくなったということなのでしょう。はっきりしているのは、十五日の午前中に広尾の商店街で千尋さんを見かけた方がいることです。その後の足取りはさっぱり……」

何かあったのでしょうか、と旦那様が聞きました。わかりません、と菅原さんが肩をすくめました。

「本人の意志かもしれませんし、事故などの可能性も考えられます。地方出身の若い娘さんが都会暮らしに疲れて、衝動的に一人旅に出るというのはよくある話で、待っていればあっさり帰ってくるかもしれません。何事もないと思うのですが、念のためにお知り合いの家を回って話を伺うことにしたと、そういうわけでして」

なるほど、と旦那様がうなずきました。うちは十二月いっぱいでピアノのレッスンが終わっています、と奥様がおっしゃいました。

「本人から辞めたいという申し出があったんです。あれは……幸子さん、秋頃だったわよね？　教えていたのはうちの娘で、小学六年生です。卒業までは教えていただきたいとお願いしたのですけど、どうしても辞めたいというので、それ以上は……」

何か理由があったのですかね、とそれまで黙っていた田辺さんという刑事さんが口を開きました。何も、と奥様が首を振りました。

「トラブルなどは一切ありませんでした。小柳先生はとても優しくて、頭もよくて、素敵なお嬢さんです。教え方も上手で、娘たちもなついていました。変なことに巻き込まれていなければいいのですけど……」

心配だわ、と何度もおっしゃいました。菅原さんは幸子にも質問されました。千尋さんと親しくしていたのを、どこかで聞いてきたようでした。

そう言われても、あまり話すことはありません。仲良くしていただいていたのは本当ですけど、知り合ってまだ一年も経っていないのです。千尋さんは東京の音大に通っていたわけですから、もっと親しい方がいらっしゃるでしょう。

「宗像さんという大学生のことをご存じですかね」

田辺さんが低い声で言いました。ちょっと怖い声です。もちろんです、と幸子はうなずきました。

「小柳さんと宗像さんは交際されていたそうですが、ご存じでしたか」

旦那様と奥様が顔を見合わせました。お二人は知らないのです。その場にいた全員が幸子の方を向きました。そう聞いています、と答えました。

「お二人は、この家で知り合われたと……」

そのようですな、と田辺さんが旦那様と奥様をちらっと見ました。お友達の何人かが、千尋さんからその話を聞いていたそうです。

「交際自体に問題はありません。ただ、夏ぐらいから、千尋さんが宗像さんのことをあまり話題にしなくなったと……それまでは、自分の方から話すこともあったといいますから、何かあったのかと思いましてね」

「あの、でしたら宗像先生に直接聞いた方が……」差し出がましいとわかっていましたが、幸子はそう申し上げました。「お二人がおつきあいされているのは伺ってましたけど、あまり根掘り葉掘り聞くのも失礼だと思っていましたので、詳しいことは存じ上げてないのです」

そのつもりですがね、とだけおっしゃった田辺さんが口を閉じました。本人に聞く前に、周囲の人たちから詳しい情報を集めてるということのようです。もしかしたら、宗像先生が何か関係あると考えているのでしょうか。

十五日に千尋さんはこちらへ来ていませんか、と菅原さんが質問しました。来てません、と旦那様が答えられました。

「わたしと妻は、あの日朝から幸子と外出していましたので……ピアノのレッスンは終わってますから、来る理由もありません。連絡もなかったですし」

主人の言う通りです、と奥様がうなずきました。

「もし来ていたとすれば、娘たちがそう言ったはずです。そんなことは何も……」

幸子さんは何か聞いてるかしらとおっしゃいましたが、お嬢様方からは何も伺っていません。千尋さんが来ていれば、幸子に言づてがあってもおかしくありませんから、やはりお見えになっていないのでしょう。

それからしばらく話をして、二人の刑事さんは帰っていきました。旦那様は仕事があるからとクリニックへ行き、奥様は何も言わず部屋に戻っていかれました。

夕方、絵画教室の写生会からお嬢様方がお戻りになった時、奥様が千尋さんのことをお二人に話しました。隠しておくわけにもいかないと思われたのでしょう。

どうしたのかな、とお嬢様方が口々におっしゃいました。二人とも千尋さんのことが大好きでしたから、心配なのでしょう。幸子もそれは同じです。何があったのでしょうか。

「区会議員の剣崎《けんざき》先生に電話して、詳しいことを聞いてみたの」奥様がひそひそ声で言いました。「警察は千尋さんがひき逃げ事故に遭ったのではないかと考えてるそうよ」

「ひき逃げ？」

「まだよくわかっていないのだけど、車の事故か何かで怪我をして、そのまま病院に運ばれたとか、そんなこと。怪我がひどくて、意識がないのかもしれない。記憶を失ってしまったとか、そんな可能性もあるんでしょう。あるいは、小柳さんをひいた運転手が、その事実を隠すために彼女をどこかへ連れ去っていったとか……怖い話だけど、ないとは言えません。あなたたちも、車には気をつけるのよ」

気をつけます、とお嬢様方がうなずきました。大変なことになっていなければいいのだけれど、と奥様がため息をつきました。

夜になってクリニックからお帰りになられた旦那様も、奥様から話を聞いて、そうかもしれないとおっしゃっていました。辞めたとはいえ、一年以上娘にピアノを教えてくれていた千尋さんのことが心配でならないのでしょう。旦那様はとてもお優しい方ですから、かわいそうにと思っているのが幸子にもよくわかりました。

とはいえ、雨宮家とは直接関係のない話です。その後警察が来ることもなかったですし、どうなったのかと聞くのもおかしな話ですから、千尋さんのことが話題にのぼることはありませんでした。

三月になりました。東京はすっかり春の気配です。神父様、村はまだ寒いでしょうか。

お嬢様方は中学へ行くための準備で忙しくしています。西園寺中学にそのまま上がるので、いわゆる受験はありません。エスカレーター式というのだそうです。学校の場所も同じ敷地にありますし、お友達もほとんどが一緒に進学されるので、その意味では楽です。

お二人が忙しくされているのは、新しい制服や通学カバン、ノートなどの筆記用具、体操服などをお選びになっているためです。制服や体操服は学校指定ですけど、リボンやスカーフ、靴下などは自由に選べます。お嬢様たちはもちろんですが、奥様が率先してデパート巡りをするなど、毎日がお祭りのようです。

そんな中、旦那様だけがちょっと浮かない顔をしておられました。クリニックの看護婦さんがまた突然辞めたり、お金のことを任せていた方がトラブルを起こして、人手不足で大変なのだそうです。手が足りないので、クリニックの手伝いをしてほしいと言われ、週三日そちらの仕事もすることになりました。

家政婦の仕事からは外れますので、清美さんに相談すると、クリニックのお手伝いをするお給金を別にいただけるのなら構わないということでした。当然のことだよ、と旦那様もおっしゃいました。

幸子としては、申し訳なく思っています。家でのお仕事は、他の家政婦さんと比べてずいぶん楽をさせていただいていますし、時間をやりくりすれば、クリニックのお仕事もお手伝いできます。お手当てをいただかなくても結構ですと申し上げましたが、そういうわけにはいかないと、旦那様は笑っておられました。

幸子は働くのが好きですから、ぼんやりしているより体を動かしている方が楽しいです。クリニックでは知らないこともたくさん教わりますから、むしろありがたい話で、旦那様がクリニックへ行く時、幸子も車に乗せていただくようになりました。

広尾から麻布のクリニックまでは車で十分ほどです。たいてい、旦那様が一人で何か話している間に着いてしまいます。

でも、昨日は質問をされました。榊原さんってどんな人なのかな、と旦那様がおっしゃいました。

よく知りません、と答えました。これは本当で、前から榊原様は他の奥様と一緒に家にいらしてましたけど、ご自宅が少し遠くてご近所さんではないので、外に出た時ばったり会うとか、お話をすることはなかったのです。

他の奥様方からは、幸ちゃん幸ちゃんと可愛がられていたつもりでしたけど、榊原様はそんなこともありませんでした。物静かで、正直言うと取っつきにくいお方なのです。

旦那様は有坂様のことも聞きました。どちらかというと、有坂様のことを知りたがっていたようです。

でも、榊原様がお連れしてきたということ以外、どこにお住まいなのかも知りません。答えようがないのです。

どうかされたのですかと伺いましたが、旦那様は何もおっしゃいませんでした。ただ、表情から察すると、あまりあのお二人のことをよく思っていないようでした。

実は、幸子もそうです。何となくですけれども、あまり関わってはいけないような気がするのです。

「幸ちゃんもそうなんだね」旦那様が幸子の顔を見て、小さく笑いました。「何度か見かけただけだし、こんなこと言ってはいけないんだろうけど、どうもあの二人はね……ぼくも幸ちゃんと同じだ。わかるんだよ」

幸ちゃんのことは信じてる、と何度もおっしゃいました。ありがたいことです。

「君は今まで知り合った女性と違う」信号で止まった時、旦那様が顔を近づけてそう言いました。「とても純粋で、優しい人だ。わかるよ、ぼくには。ぼくも田舎育ちだから、親しみが持てるんだ」

幸子は田舎の娘ですけど、旦那様は違いますよね、と申し上げました。

「おじいさまの代からお医者様をしていたと、そうお話しされていたと思いますけど……」

確かにそうおっしゃっていました。でも、前に宗像先生が、旦那様は地方から上京してきたと話されていたのを思い出しました。どちらが本当なのでしょう。そんなことはいいじゃないか、と明るく笑った旦那様が幸子の手を握りました。

「どうでもいい話だよ。ねえ幸ちゃん、二人でドライブに行かないか。横浜に行ったことはあるかい？　中華街で食事をしよう」

素敵ですね、とお答えしましたけど、もちろんそれは旦那様のいつもの冗談です。そんな時間はありません。旦那様は幸子のことをからかっているだけなのです。

後ろの車がクラクションを鳴らしました。信号が青になっています。舌打ちをした旦那様がアクセルを踏み込みました。

神父様、今日は月に一度、家政婦協会に行って、仕事内容の報告をする日でした。お仕事そのものについては、問題ありません。不満もないです。家のことはもちろん、クリニックのお手伝いも、楽しくお仕事させていただいています。

報告を終え、清美さんと世間話をしている時、旦那様は東京の方なのか、それとも地方出身なのか、ご存じでしょうかと聞いてみました。この前、車の中でお話ししてから、何となく気になっていたのです。

「それは宗像先生の言ってる方が正しいはずよ」清美さんが教えてくれました。「愛媛だと思ったけど、とにかく苦学生だったたんだって」

「奥様から聞いたのですか？」

「雪乃ちゃんに聞いたのよ。あの子は、ご主人から直接伺ったと言ってたわね」

「そうだったんですか」

「旦那様は愛媛の出身で、栃木だったと思うけど、地方の私立医大を卒業して、東京に出てきたんだって。その後インターンを経て、東京の病院に勤務してたんじゃないのかね。医大を卒業したら、そういうコースになるのが普通だもの」

聞いたことがあります。テレビドラマで見たのかもしれません。

「奥様とは、たぶんその頃に知り合ったのだと思うけど、詳しいことは知らない。それでね……」ため息をついた清美さんが、顔を近づけてきました。「幸ちゃん、誰にも言っちゃ駄目よ。奥様は東京の人じゃなくて、山梨の韮崎《にらさき》に住んでたんだよ」

韮崎。聞いたことがない地名です。

「奥様のおじいさまが、お医者様だったのは本当。今のクリニックは、その方が開業したんだって」声がどんどん小さくなっていきました。「おじいさまの息子さんが医者になって、クリニックを継いだんだよ」

「奥様のお父様ですね」

違うんだよ、とほとんどささやき声で清美さんが言いました。

「あの奥様はね、おじいさまの愛人の子供なの。生まれは東京かもしれないけど、手元に置いておけなくて、山梨にある愛人の実家で育ったらしい」

息ができなくなりました。奥様のような上品な方が、そんなお生まれだったなんて、幸子には信じられません。

「結局、少しばかりのお金を渡して別れたそうだけど、酷い話だよ。正妻でないにしても、娘まで作っておきながら、捨てたんだからね。男なんて、そんなものだけど」

それから清美さんは、奥様について知っていることをいろいろ話してくれました。おじいさまの息子さん、つまりクリニックの後継者はその後結婚して、お子さんもいらしたそうですが、一家で旅行中に行方不明になってしまい、今日に至るまで見つかっていないということでした。神隠しにあったと、当時の新聞などにも載ったぐらい有名な話だそうです。

その頃、おじいさまはご存命でしたが、脳梗塞を患ってずっと入院していました。その看護も含め、今後どうするか、親戚が集まって相談していたところに、昔の愛人、つまり奥様のお母様が現れ、自分がお世話すると言ったのだそうです。

自分が捨てた愛人とその娘に対し、おじいさまにも良心の呵責《かしゃく》があったのでしょう。自分が死んだら娘が医者と結婚することを条件に、クリニックを譲ると決められました。血のつながりから言えば、奥様以外子供がいなかったということもあったのかもしれません。

その条件を受け入れるために奥様が結婚したのが、今の旦那様だったのです。お二人は広尾にあった家にそのまま住むようになり、クリニックを継ぐことになりました。

入院先から広尾の家におじいさまを引き取り、世話をしたのですが、それから一年ほどで亡くなったそうです。愛人である奥様のお母様は、どこかの老人ホームに入ったということですが、それはよく知らないと清美さんがおっしゃいました。

「広尾のあの辺りに住んでいる人は、みんなその話を知ってる。奥様もご主人も、東京の人間じゃないんだよ。おじいさまが資産を持っていたから、ご夫婦はお金持ちだし、気に入った人には贈り物をしたり、お花を教えたり……招かれれば、誰でも行くでしょうよ。近所づきあいってこともあるからね。だけど、もしかしたら、そんなに親しくしたいわけじゃなかったかもしれない」

どうしてそんなに詳しくいろいろ知っているのですかと聞くと、広尾の他の家に派遣している家政婦から聞いたということでした。何年も働いている家政婦もいるといいますから、何となく伝わってくる話もあったのでしょう。

幸子が思い出したのは、商店街に捨てられていたお花とお菓子のことでした。大喜びで受け取っていたはずのおみやげを、ゴミ箱に突っ込んでいった佐川様と豊泉様。

本当は奥様のことをお好きではなかったのでしょう。心の奥底では、愛人の娘である奥様のことを蔑んでいたのかもしれません。

「だからといって、悪い人だなんて言っているわけじゃないんだよ」そこは誤解しないで、と清美さんが手を振りました。「三年前から、何人か家政婦を派遣してる。あたしもしばらくお世話になったけど、旦那様も奥様も優しい人だよ。無茶な仕事を押しつけられたり、そんなことは一度もなかったもの」

「幸子もそうです。お優しいご夫婦ですよね」

奥様が時々、お嬢様方を折檻《せっかん》していることは言えませんでした。しつけと考えることもできますし、だとすればそれは親の愛情の表れです。いつもはお優しいのも本当なのです。やりすぎではないかと思うこともありましたけど、それは家によって差があるのではないでしょうか。奥様も後になって反省しておられましたし、幸子の口から言うことではないと思って、黙っていました。

「奥様が料理や家事を苦手にしているのは本当だけど、それは仕方ない。女だからって、何でもこなせるわけじゃないからね。そんな人はいくらだっていますよ。お小遣いもくださるし、少し見栄っ張りなところはあるけど、それだってよくある話だし」

そうですよね、とうなずきました。誰でも、完璧というわけにはいきません。幸子は奥様のことを見栄っ張りだと思ったことなどありません。

「まあ、旦那様はね……あれだけの男前だから、しょうがないんだろうけど、女に手が早いってもっぱらの噂だよ」クリニックの看護婦なんかにも手を出したりしてるみたいだ、と清美さんが苦笑を浮かべました。「でも、それも考え方だからね。男なら多少のことはあるでしょう。あたしには何もしてこなかったよ。あんたも大丈夫でしょ？　あの人はわかりやすい美人が好きらしいから、あんたみたいなぽっちゃりさんには興味ないでしょうよ。それもあって、あんたに行ってもらうことにしたんだけど」

冗談だよと笑いましたけど、本音かもしれません。別に気になりません。自分が器量よしでないのは、幸子が一番よくわかっています。

頭をよぎったのは、雪乃さんの履歴書の写真でした。とても可愛らしい方でした。千尋さんのことも思い出しました。きれいなお嬢様で、ずいぶん旦那様も気に入っておられたようです。

「雪乃ちゃんはね、ずいぶん困ってたんだよ」

幸子の表情で、何を考えていたのかわかったのでしょう。清美さんがそうつぶやきました。

「ご主人に何度か食事に誘われたとか言ってたっけ。もちろんお断りしたそうだけどね。一度、奥様からも注意されたとか……戦前じゃないんだから、使用人に手をつけるなんて、そんな話は通りませんよ」

喋りすぎたと思ったのでしょうか、そろそろ戻った方がいいと清美さんが言いました。最後に、有坂様のことはご存じですかと聞くと、初めて聞く名前だね、と首を捻っていました。ご存じないそうです。あの辺りの人じゃないね、ということでした。

外に出ると、雨が降っていました。駅までの道を、走って帰りました。

雨宮の家に戻って、一人になってよく考えてみました。思い返してみると、奥様がお嬢様方を厳しく折檻なさるのは、旦那様が別の女性と話したり、親しくされているのを見た後が多いような気がします。

清美さんが言っていたように、旦那様は浮気をなさっているのかもしれません。そして、奥様がそれに気づいているとしたら。

奥様は旦那様のことを深く愛されています。それは幸子にもわかります。旦那様が浮気をしていたら、奥様も嫉妬されるでしょう。不愉快になるのは当然です。

その苛立ちの矛先をお嬢様方に向けていたのでしょうか。でも、あのお優しい奥様が、美しい奥様が、そんな醜い感情をお持ちなのでしょうか。

嫉妬心を持っていたとしても、どうしてお嬢様方にぶつけたりするのでしょう。お嬢様方には何の罪もありません。八つ当たりということでしょうか。奥様のような聡明な方がそんなことをなさるでしょうか。

不意に、熱帯魚のことを思い出しました。旦那様が可愛がっていたネオンテトラです。いつの間にか数が減っていたように思いましたが、なぜなのでしょう。もしかしたら奥様が――。

いいえ、そんなことはありません。魚は自分で勝手に逃げていったのです。馬鹿な魚のことは忘れようと頭を振って、夕飯の準備を始めました。

雨に降られて、ちょっと気分が悪くなっていました。熱があるのかもしれません。夕食を作っていたら、頭がふらふらしてきて、それ以上何もできなくなりました。床に座り込んでいるのを見つけた奥様が、幸子の額に手を当てて、大変と叫んだのをうっすら覚えています。

気づくと、自分の部屋に寝かされていました。近くの小石川《こいしかわ》先生というお医者さんが往診してくれていました。熱がずいぶん高いとおっしゃり、注射を打ってくれて、それでずいぶん楽になりました。

そばにいた奥様が、幸子の手を握って、ごめんなさいね、とおっしゃいました。気がつかなくてごめんなさい、あなたも辛い時は言ってほしい、病気の時はお互い様でしょう。そうおっしゃって泣いておられました。

とんでもありません、と幸子は飛び上がってお詫びしました。こんなにまでしていただいて、お礼の言葉もありません。ここまで家政婦によくしてくれる家庭など、どこを探してもないでしょう。

お詫びしたのは、奥様に対してつまらないことを考えていたからです。こんなに優しい奥様のことを、どうして幸子は一瞬とはいえ疑ったりしたのでしょう。熱を出したのは、きっと神様が与えた罰なのです。

奥様はその後ひと晩中、看病してくれました。お嬢様方と交替で氷枕を何度も替え、濡れたタオルで汗を拭いてくれるのです。夜遅くお戻りになられた旦那様も心配して、熱を測ったり、何度となく様子を見に来てくださいました。

もったいないことです。申し訳ないことです。もう結構ですからとお断りしたのですが、あなたは家族じゃないのと奥様はおっしゃいました。涙が出てきました。

奥様も旦那様も、お嬢様方も、本当に本当に優しい方たちです。幸せな一家です。清美さんは誤解しているのでしょう。

いいえ、もしかしたら、妬んだり心ないことを言う方がいるのは、本当かもしれません。でも、その人たちは羨んでいるだけで、何もわかっていないのです。

幸子にはわかっています。雨宮家は幸せな家です。申し訳ございませんと繰り返しながら、深い眠りについていました。

神父様、ご心配をおかけしました。すっかり風邪は治りました。幸子は元気です。

一昨日は西園寺中学の入学式でした。真新しいセーラー服を着たお二人は、とても美しく、愛らしかったです。不思議なもので、制服が変わっただけなのに、お二人ともとても大人びて見えました。

入学式には、旦那様と奥様も出席されました。幸子もお世話をするため、ご一緒させていただきました。

西園寺学園は明治からある名門校で、校舎も立派です。今までも正門までは送り迎えをしていましたけど、校内に入るのは初めてでした。広尾の街中にあるのに、自然が豊かで、環境のいい学校です。

大講堂に入っていくと、新入生の子供たち、そして先輩になる二年生と三年生、合わせて五、六百人ほどが集まっていました。新入生の親たちも出席していますから、千人以上いたのではないでしょうか。その中で、梨花様と結花様は誰よりも目立っておられました。

付属の小学校から上がってきた子が大半ですから、お二人のことは誰もがよく知っています。同級生だけでなく、二年生、三年生の子たちもです。たくさんの生徒がお二人の方を見て、可愛いとか素敵とかささやいていました。中には頭を下げる子もいたぐらいです。幸子は誇らしい気持ちで一杯でした。

大講堂の二階にある席から、旦那様と奥様がその様子を見つめていました。旦那様は濃いグレーのスーツ、奥様はまばゆいばかりの純白のスーツです。ご夫婦の姿も光り輝いておられました。ファッション雑誌のモデルさんのようです。

ただ、旦那様は奥様の白いスーツが気に入らないらしく、何度も眉をひそめておられました。幸子にはよくわかりません。こんなにきれいな奥様のどこに不満があるのでしょうか。

入学式は一時間ほどで終わりました。最後に校歌が流れ、まず親たちが外に出ました。今日はそれで終わりです。

車を回してくると言って、旦那様が学校の駐車場へ向かいました。奥様と幸子でお嬢様方を待っていると、二人の女性が近づいてきました。榊原様と有坂様です。二人とも白いスーツを着ておられて、まるで制服のようでした。

お二人とも入学式に出席されていたのでしょうか。でも、榊原様の息子さんはもう高校生だと聞いていますし、有坂様は結婚されていないはずです。どうしてここにいるのでしょう。

結花様のことを心配している、と有坂様がおっしゃいました。しばらく前から、結花様は体調を崩していて、微熱があったのですが、なぜご存じなのでしょう。奥様がお話しされたのでしょうか。

有坂様が低い声で何かお話しになり、奥様と榊原様は真剣な表情で耳を傾けていました。幸子には何も聞こえませんでしたが、近づくのもはばかられるような、そんな顔になっておられました。しばらくそうしていましたが、梨花様と結花様が出てこられると、お二人は離れていきました。

結花様はお辛そうです。顔が少し赤くなっていて、熱が高くなっていることがわかりました。幸子がうつしてしまったのではないかと、気が気ではありませんでした。

正門を出たところで、旦那様が車を停めて待っていました。お嬢様方を乗せ、五人で家に戻りました。

旦那様はあまり機嫌がよくないようで、帰る途中何も話しませんでした。珍しいことです。いったいどうしてなのか、幸子にはさっぱりわかりませんでした。

神父様、大変です。結花様が入院されてしまいました。

入学式から帰宅された後、お部屋で倒れてしまったのです。幸子の風邪がうつったぐらいにしか思っていませんでしたので、そんなにお悪かったのかと、申し訳なくて泣いてしまいました。

お部屋のベッドにうつぶせになっている結花様を見つけたのは幸子です。声をかけてもお返事がありません。真っ青な唇ががたがた震えていて、口の端から泡を吹いていました。旦那様は外科医ですけど、お医者様です。知らせると、すぐに救急車を呼びました。一刻の猶予もならない、と電話で怒鳴っている声が怖くて、幸子はすくんでしまいました。結花様にほとんど意識はなく、よほど重篤ということで、大学病院に運ばれて精密検査を受けることが決まりました。お辛いでしょうに、奥様は気丈にふるまって入院の仕度をされていました。

その後、家と新宿にある病院を何度も往復することになりました。旦那様のお知り合いの先生が手配をしてくれて、特別室を取っていただいたのですが、結花様のベッドには透明のビニールで覆いがしてあります。悪い菌を入れないための処置だそうです。

こんな時、父親がお医者様だと、とても心強いです。何人ものお医者様が、代わる代わる診察に来てくれました。名医と呼ばれる方ばかりだそうです。

ですが、誰もが暗い顔をしておられました。幸子にも、結花様の病状が悪いのがわかりました。

風邪がうつったとか、そんなことではないのです。家族ではありませんから、はっきり病名や状態を聞くことはなかったのですが、良くない病気だというのは伝わってきました。

奥様の話では、脳におできができたのだそうです。腫瘍《しゅよう》というそうです。それが大きくなって、神経を圧迫しているのが結花様の意識が戻らない原因だと話してくれました。

今はまだいいのだけれど、もっと大きくなると体が動かなくなったり、最悪の場合は亡くなるかもしれないと聞いて、声も出ませんでした。

あんなに可愛らしい結花様が、どうしてこんなことになってしまったのでしょう。神父様、言ってはいけないとわかってますが、一度だけ言わせてください。本当に神様はおられるのでしょうか。

入院から一週間が経ち、とりあえず危機は脱したと主治医の先生から説明がありました。まだ意識は戻っていませんが、うわごとを言ったり、寝返りをうつようになったそうです。

それを聞いて奥様は気がゆるんだのか、結花のことは幸子に任せますと言って、部屋に引きこもってしまわれました。無理もありません。結花様のことが心配で、不安に耐えられないのでしょう。

噂を聞いて、お友達の方がお見舞いに訪れるようになりましたが、奥様は会いたくないとおっしゃられました。話す気力もわかないのでしょう。入院して一週間、奥様はほとんど寝ずに結花様につきっきりでしたから、それどころではないというのはよくわかりました。

ただ、榊原様と有坂様だけは部屋に招き入れて、長い時間お話をされていました。お二人が親身になって慰めているのが、幸子にもわかりました。お二人がいて本当によかった、と初めて思いました。

結花様が意識を取り戻されたのは、それからまた一週間ほど経った頃でした。幸子は毎日朝から病院に詰めておりますので、よくわかるのですが、本当にお苦しそうでした。頭が痛い、痛いとずっと繰り返しておられます。我慢強い結花様が、あれほど痛い苦しいとおっしゃるのは、よほどお辛いのでしょう。

十二歳の子供をこんなに苦しませるなんて、神様は残酷です。しかも、腫瘍の影響で、結花様はほとんど眠ることもできなくなっていました。地獄です。神父様、地獄です。

痛みを軽減するための鎮痛剤や麻酔などを投与して、できるだけのことをしていると主治医の先生はおっしゃっています。もしその処置をしていなければ、痛みに耐えきれず、頭がおかしくなるかもしれないということでした。

眠らせることはできないのかと旦那様が聞いたのですが、珍しい症例なので、そこまでの処置は難しいと説明されたそうです。病態が落ち着けば、頭を切開して、腫瘍を取り除く手術に踏み切ることも考えているけれど、今はまだ危険だというのが主治医の判断でした。脳外科の専門家ですから、旦那様もそれには従うしかないのです。

結花様は意識こそあるのですが、会話することはできません。ただ痛い苦しいと訴えるだけです。

神父様、幸子は辛いです。代われるものなら幸子が代わりたい。真剣にそう思い、祈りましたけど、願いが聞き入れられることはありませんでした。

それから半月ほど経った頃、主治医の先生もほとんど眠っていない結花様を心配して、モルヒネという麻薬を使うべきかどうか、旦那様と奥様を病院に呼んで相談していました。麻酔ではなく、麻薬です。決して体にいいものではありませんが、それを使えば眠ることができるのではないかとお考えになったようでした。

モルヒネが効いて眠りにつけば、痛みも和らぐはずですが、子供ですので、副作用が出るかもしれません。主治医の先生はそれを懸念して、お二人に相談されたのです。

旦那様はモルヒネを使うべきだと考えたようですが、奥様は反対なさいました。痛みを取り除くのは重要だけれども、モルヒネの使い方によってはショックで死んでしまうかもしれない、と主治医の先生がおっしゃったこともあり、絶対に拒否するとまでおっしゃられたのです。

母親というのは強いものです。本当に子供のことを考えているのは、母親なのです。

その後病状が少し安定してきたこともあって、モルヒネの投与は見送られました。今より危険な病状になることを避けるためには、その方がいいというのが、お医者様たちの結論でした。

医学は進んだといいますが、まだ対処の方法がわかっていない病気もたくさんあるのだと、幸子は初めて知りました。ただ見守るしかありません。お医者様たちも無念なご様子でした。もうひと月近く、結花様は何も食べていません。点滴で栄養を取るだけで、げっそりとやせ、目は落ちくぼみ、骨と皮だけです。

水分だけは、口についている細い管から飲むことができます。奥様に命じられて、幸子は奥様お手製のお茶を淹れて飲ませるようにしていました。それを飲むと、結花様は少し落ち着かれるのです。

お医者様の許可なく、そんなことをしてよろしいのでしょうかとも思いましたが、結花様の顔が安らぐのも本当です。効果があるのかどうか、それはわかりませんけど、お医者様にもどうすることもできないのですから、少しでもいいと思ったことは試してみるべきなのでしょう。

神父様、神父様も祈っていただけますか。幸子は毎朝毎晩、長い時間お祈りをしています。結花様の病気が早くよくなりますように。せめて痛みだけでもなくなりますように。

神父様、こんにちは。五月に入りましたが、幸子は病院で結花様についています。先週ぐらいから、結花様の状態が少し落ち着くようになりました。短い時間ですけど、眠れるようになりましたし、頭痛もいくらか収まっているようです。

お医者様方の話では、特別な処置もしていないのに、腫瘍の成長が止まっているのは不思議だということでしたが、奥様がお作りになっているお茶の効果があったのかもしれません。お医者様がお茶の成分を検査したところ、何ら普通のお茶と変わらないことがわかって、頻繁に飲ませるようにしていたのですが、それから結花様の容体が良くなっているように幸子は思います。

この頃から、奥様は旦那様と交替で面会されるようになっていました。ようやく奥様も落ち着きを取り戻されたのでしょう。

奥様は病室の冷蔵庫に、自宅から持ってきたお茶をポットごと保管し、それを飲ませるようにしていました。結花様が自分からせがむこともあります。飲ませるのは奥様か幸子です。

ブドウ糖や栄養剤の点滴をされていますが、まだ結花さまは口から食事をお取りになることができません。どんどん痩せていって、体を支えてお茶を飲ませる時も、ほとんど重さを感じないほどでした。

しばらく前から気づいていたのですが、結花様の皮膚に皺が増えていました。腕といわず足といわず顔といわず、全身です。急激にお痩せになったので、余った皮が皺になっているのでしょう。

くぼんでいるところもあります。あんなに愛らしかった結花様の顔が、あばただらけになってしまい、本当におかわいそうでした。

特にお茶を飲んだ後には、体から妙な臭いがするようになっていました。でも、仕方ありません。今は少しでも痛みを取ることが重要なのですから、お茶を飲むしかないのです。

そのお茶のことですが、奥様が自分で煎じてお作りになっているのだと思っていましたが、そうではありませんでした。有坂様が作ったものを、買われていたのです。

奥様と有坂様、榊原様は、結花様の病気をきっかけに、更に親密になっておられました。お見舞いにいらした有坂様が、同情の念をお顔に浮かべながら、これは業《ごう》なのですと奥様を見つめておられました。過去の宿縁の報いですと、おっしゃっていたようにも思います。

奥様はすがるようにして泣いておられました。意味はよくわかりませんが、よほど心に響くものがあったのでしょう。お嬢様のために祈りましょうと、そばにいらした榊原様も深くうなずいていました。

祈るしかないのは、半月後に結花様の手術が決まったからです。レントゲンなどで精密検査をしたところ、やはり悪性の腫瘍だとわかり、切除するしかないとお医者様たちが決断されたのです。

心配です。幸子も手術が成功しますようにと、毎朝毎晩お祈りをしています。神様、結花様をお守りください。


神父様、いいお知らせです！

手術予定日の一週間前に行われた最終検査の結果が出て、腫瘍がほとんど消えていることがわかったのです。お医者様も驚いておられました。

理由は不明だそうですが、はっきりと小さくなっているのが確認され、それに伴って手術の予定は取り消されました。しばらく経過を観察することになったのです。

結花様の腫瘍は脳の非常に難しい場所にあって、失敗すると神経を傷つけることになり、その結果一生半身不随になる恐れがあるというのは、最初に主治医の先生から説明があったのでわかっていました。できれば手術は避けたい、と旦那様と奥様も思っておられたのですが、奇跡が起きたのです。

旦那様と奥様、梨花様が手を取り合って泣いていました。幸子もあふれる涙を止められませんでした。

神父様、やっぱり神様はおられるのですね。ありがとうございます。ありがとうございます。

ひと月経ちました。六月最後の月曜日、結花様が退院なされました。一時はゴルフボールほどの大きさに膨れあがっていた腫瘍が、今はケシ粒くらいに小さくなったそうです。何かのきっかけで再発することもありうるので、今後も診察や検査は必要ですが、治ったと考えていいとお医者様はおっしゃいました。ご家族はもちろん、幸子も嬉しくて嬉しくて、泣いてしまいました。

退院されたといっても、自宅での療養をお医者様から命じられています。中学に入ったばかりだというのに、ベッドで横になっていなければならないのです。

奥様の指示で、使っていなかった二階の洋間を片付け、ベッドや小さな冷蔵庫などを備えました。ほとんど病院と変わりませんけど、家に帰ったのが嬉しかったのか、結花様は微笑を浮かべていました。

二ヶ月以上入院生活が続き、食事らしい食事も取ってませんでしたので、体重は三十数キロまで落ちていました。背がお高いですから、痩せているのが目立ちます。元のままなのは長い髪だけでした。

顔色は悪く、肌はまるで老人のようです。とてもかわいそうで見ていられません。ただ、退院が決まった頃から、頭痛や体の痛みはほとんどなくなっていました。それだけでもひと安心です。

病院で強い薬を使っていたので、神経が麻痺しているのかもしれないと旦那様はおっしゃいましたけど、血を吐くような声で痛みを訴えられていた結花様のことを思うと、その方がいいのではないでしょうか。

起き上がるのも、自分の力ではできません。でも、幸子が介助すれば上半身は動きますし、少しずつですが食事もできるようになっていましたので、後は体力が回復するのを待てばいいのだと思います。

何度も主治医の先生が診に来てくださいましたが、順調にいけば夏休み明けの二学期には学校にも通えるようになるだろうということでした。旦那様も奥様もほっとしておられました。

幸子がつきっきりで看護することになり、とにかく口から何か食べさせるように言われていましたが、一日一食、おかゆのような柔らかいものを少し食べるだけです。入院していた時もそうでしたが、あまり眠っていないのがわかりました。睡眠障害という病気だそうです。

結花様は毎日泣いておられました。体が痛い、苦しいということもあるのでしょうが、お父様とお母様に心配をかけているのが辛いとおっしゃっていました。

お姉様の梨花様のように元気で健康なら、と漏らしていたこともあります。梨花様に憧れ、お姉様のようになりたかったとおっしゃる結花様を慰めるため、幸子はただうなずいているしかありませんでした。

奥様はやつれ果てた娘の姿を見るのが耐えられないのでしょう。一日三回、お茶を飲ませる時だけしか部屋に入りません。無理をしない方がいいと思いました。看護は幸子がやればいいのです。

でも、旦那様はあまりいい顔をなされません。母親なのだから、もっとそばにいるべきではないかと言い争っているのを、何度か見てしまいました。

わけのわからないお茶を飲ませてはいけないと、旦那様がきつく咎《とが》めたこともありましたが、その時だけは奥様も強い態度で言い返していました。お友達が心をこめて作っているお茶で、体にいい成分が入っているとおっしゃいます。

そのお茶を作っているのが有坂様だと、旦那様もわかっておられます。ああいう人とのつきあいは止めるようおっしゃっていました。何となく気味が悪い、目が淀んでいる、そんなことも言いました。奥様は何も言わず、自分の部屋に戻ってしまいました。

旦那様は結花様の病気がショックなのでしょう。ひどく落ち込んでおられました。

奥様がいらっしゃらない時、幸子を相手に悩みを話してくれました。結花様の病気のために、たくさんお金を使ってしまったこと、看護婦やスタッフが何人も辞めてしまい、患者さんのケアができなくなり、最近は通院してくる患者さんも減っていること。幸子の専門学校のお金も払えなくなるかもしれないということでした。

ご無理なさらないでください、と申し上げました。結花様の治療が一番大事なことです。幸子のために使うお金があるなら、全部結花様のためにお使いください。そう申し上げたのです。

幸ちゃんは優しいね、と旦那様が幸子の手を握りながら、涙をこぼしておっしゃいました。旦那様の方がお優しいですと言うと、幸子の胸で泣き始めました。お母さんに甘える子供のようです。

幸子もお母さんになったつもりで、旦那様を抱きしめました。安心したのか、旦那様はうっすら笑みを浮かべておられました。

神父様、夏が近づいています。今年は梅雨が長く、じめじめした嫌な天気が続いていました。東京は湿度が高くて、過ごしにくいです。

旦那様はクリニックに行ったり、大学病院のドクターと会ったり、毎日忙しくされています。梨花様は学校がありますから、毎日出かけます。結花様は相変わらず寝たきりですが、ご家族それぞれがだんだんと元の生活に戻りつつありました。

変わったのは奥様です。ほとんど外出されなくなりました。結花様のことを放っておけないのはそうなのでしょうけど、つきっきりで看病するのかと言えばそうでもありません。部屋にずっと閉じこもっているだけなのです。

ささいなことで、幸子や梨花様を叱ることが多くなりました。寝たきりの結花様に、いつまでそうしているつもりなの、と怒ったこともあります。

奥様はよほど神経が参っているのでしょう。結花様の病気が一番お辛いのは奥様です。仕方ないことだと思います。

結花様の病気を心配して、大勢の方がお見舞いにいらっしゃいましたが、奥様は誰も家に上げてはいけませんと命じました。やつれた結花様の姿を見せたくないというのは、幸子も同じです。もう少しよくなってからでいいと思いました。

奥様はもともと痩せていたのですが、最近は更に体重が落ち、腕や足は枯れ枝のようです。白い服しか着なくなり、険しい目で辺りを見回しています。

気分が苛立っているのでしょう。お部屋で叫び声や泣いている声が聞こえたり、一度などは家中の食器を壁に叩きつけて割ったこともありました。病気は家族全員を不幸にするのです。

有坂様がいらっしゃると、憑《つ》きものが落ちたように静かになり、部屋でずっと話しています。お茶をお持ちした時、これは業なのです、という有坂様の声が聞こえました。前にも同じようなことを言っていたように思います。

「水子供養をしていませんね？　両親の墓参りをしていないでしょう？　あなたには人としての心がない。それがあなたの不幸の元になっている」

静かでしたけど、厳しい声でした。お茶を持ったまま、幸子はすくんで動けなくなりました。声が続いています。

「ご主人にはキツネの色情霊がついている。そうなのです。間違いない間違いない。だから誰彼構わず、女に手をつける。凶悪な霊だ。悪魔の生まれ変わりなのかもしれぬ」

申し訳ありません、と奥様が泣いている声が聞こえました。あんなに優しい旦那様のことを悪く言うなんて、有坂様はどうかしています。

でも、幸子には何もできませんでした。気づかれないように一階に降り、時間が過ぎるのを待ちました。

三時間ほど経って、有坂様が出てこられました。見送りに降りた奥様が、分厚い封筒を渡したのがわかりました。お金だと思います。お茶の代金なのでしょうか。でも、たかがお茶です。多すぎないでしょうか。

そう思いましたが、幸子はそれを申し上げる気力もありませんでした。

専門学校は休学という形になりました。結花様の看病をしなければなりませんから、通う時間がないのです。お金のこともありますし、幸子も辞めるつもりでした。

今はそれどころではありません。それでも、宗像先生のご好意で、英語だけは教えていただいています。

一昨日のことですが、宗像先生が少し早く来られて、梨花様がまだ学校から戻っていなかったので、幸子がお相手することになりました。あまり世間話などなさらない先生ですが、話したいことがあるんだ、と辺りを見回しながらおっしゃいました。

どうされたのですかと聞くと、千尋さんのことでわかったことがある、と声をひそめました。いったい何のことでしょう。

「彼女のアパートに行って、近所の人に話を聞いてみた」疲れたように、先生が両手で顔を覆いました。「両隣だけじゃない。アパート全室はもちろん、近くの家々を回って話を聞いたんだ」

突然いなくなった千尋さんのことが心配で、そうせずにはいられなかったのでしょう。

「女の人が彼女の部屋の様子を窺っているのを、見た人がいた」

「女の人……ですか？」

「三十代か四十代か、それぐらいの年齢だったらしい」宗像先生の口からため息が漏れました。「身なりは整っていて、スタイルのいい女だったと言った人もいる。一度か二度見かけただけで、顔とかは覚えていないけど、じっと千尋さんの部屋を見つめていたと……間違いなく彼女より年齢は上だったというから、友達じゃないんだろう」

心当たりはありますかと尋ねると、オーケストラの人かもしれない、と先生はおっしゃいました。千尋さんは大学を卒業後、プロのオーケストラに参加していましたから、そうなのかもしれません。

「アパートの隣人の話では、千尋さんが姿を消す前の夜、女の声を聞いたそうだ」宗像先生が手を何度も握りしめました。「夫に近づかないで、と言っていたような気がすると話してくれた人がいる。部屋を見張っていた女なんだろう。夫と言う以上、結婚しているんだ。それ以上のことはわからないんだけど」

「誰なのでしょう。気になりますね」

調べてみるつもりだと先生がおっしゃった時、梨花様と奥様が戻ってこられました。勉強を始めるよ、と梨花様に先生がおっしゃいました。その顔が強ばっておられました。

神父様、今、幸子は代々木の家政婦協会にいます。すぐにでも槇原村へ帰りたいと思うのですが、電車が強風で止まっていることがわかり、仕方なく運転再開までこちらで待たせていただくことにしました。

神父様、大丈夫ですか？　とても心配です。でも、いつ電車が動き出すのかわかりませんので、心を落ち着かせるために、今日のことを手紙に書いておくことにします。

七月も終わりに近づき、今日は朝からとても暑かったです。雨宮家には二台車があると前に書いたのは覚えてますか？　ベンツとジャガーという車種です。

ベンツを処分することにしました、と奥様がおっしゃったのは昼前でした。使っていないのに持っているのはどうなのだろうと、前から考えておられたそうです。ディーラーを呼んだから、その前にベンツを掃除しておくように命じられました。

預かったキーでドアを開け、革張りのシートを雑巾で拭い、窓を拭き、車体そのものを空拭きしました。きれいになったかどうかわかりませんが、目に見える汚れは落としたつもりです。

最後にトランクを開け、中に入っている物を全部出しました。旦那様のゴルフバッグとか、工具箱とか、そんなものが入っていました。

きれいに掃除してから、また戻そうと思ったのですが、工具箱が落ちて中から布の袋が転がり出てきました。何が入っているのか開けてみると、マロンがしていた金色の首輪でした。

掃除が終わったことをお伝えして、首輪がありましたと奥様にお渡しすると、顔色が変わりました。話があるのと幸子を座らせて、悲しそうな表情を浮かべ、何度も首を振りました。

気がつくと、幸子は床に倒れていました。顔を張られたのです。

「何を見たの」幸子の上にのしかかるようにして、奥様が叫びました。「何を見たの？」

何のことでしょう、としか答えられませんでした。その時、電話が鳴る音が聞こえましたが、電話なんかいい、と奥様が立ち上がってその辺りを歩き回り始めました。三分、五分、いえ、もっとでしょうか。

「何も知らない田舎娘のふりをして」足を止めた奥様が、幸子を睨みつけました。「お前のことなんかお見通しだ。いやらしい女だよ、覗き見ばかりして」

怒っておられるのはわかりましたが、何のことでしょう。幸子は覗き見なんかしていません。

「気が利かない。子供に甘い。男にはもっと甘い」

ひとつひとつ罪状を読み上げる裁判官のような声で奥様が叫びました。

「仕事をさぼる。手を抜く、なまけもの、醜女《しこめ》、ろくでなし」

気が利かないのはその通りですけど、幸子は仕事をさぼったり、手を抜いたことはありません。

「宗像とは寝たの」奥様が幸子の顔に口を寄せました。「どうなの。いやらしい子だね」

何をおっしゃっているのですか、奥様。宗像先生と幸子の間に、何があると言うのでしょう。

「主人とはいつからなの。見たんだよ、あの人がお前を抱いているのを」

誤解です、奥様。泣いている旦那様をなぐさめていたところを見ていたのですね。でも違います。あれは旦那様があまりにもおかわいそうで、幸子はお母様になったつもりで——。

「何もわかっちゃいない」口から泡を吹きながら、奥様が獣のように吠えました。「お前には何もわかっちゃいないんだ」

それから延々と、叫び声が続きました。何をおっしゃっているのかわかりせん。野犬より恐ろしい顔で叫び、怒鳴り、しまいには床を足や拳で何度も叩いていました。幸子は何も言えず、呆気に取られて、その場に座っているしかありませんでした。

長い髪を振り乱したまま、奥様が這うようにして近づいてきました。怖くなったのはその時です。奥様の目に暗い何かが宿っているのがわかりました。

すっと奥様の手が伸び、幸子の首に回りました。ゆっくりと両手に力がこもっていきます。

奥様の両目は真っ赤でした。血の色です。逃げなければなりません。でも体が動きません。

気が遠くなりかけた時、遠くでチャイムが聞こえました。動きを止めた奥様が手を離し、その場から離れていきました。

呼吸を整えながら、幸子はよろめく足で玄関へ向かいました。ドアを開けると、立っていたのは清美さんでした。

「ああ、幸ちゃん。どうしたの。電話にも出ないで」

さっきの電話は近くの公衆電話から清美さんがかけてきたようでした。すいませんと呟き込みながら頭を下げていると、それどころじゃないんだよ、と電報を差し出しました。

「神父様が倒れたと連絡があった」清美さんが心配そうな顔で言いました。「心筋梗塞らしいけど、詳しいことがわからなくて……」

シンプサマガタオレマシタ。オネエチャン、カエッテキテ。

電報用紙にはそう書かれていました。教会の真吾《しんご》くんという子供が打ったものです。

「どうしたの？」

近づいてきた奥様が、清美さんに向かって微笑みながらおっしゃいました。ふだんと少しも変わらないご様子です。さっきのことなど、忘れてしまったのでしょうか。

清美さんが神父様が倒れたことを説明してくれました。神父様が幸子にとって親代わりなのは、奥様もよくご存じです。すぐ帰った方がいい、とおっしゃいました。

清美さんもそのつもりだったようです。家政婦協会の所長は神父様のお友達ですから、それもあったのでしょう。家のことはいいから早く仕度しなさいと奥様が優しい声でおっしゃいました。

身の回りのものだけを部屋から取ってきて、清美さんと一緒に雨宮家を出ました。奥様の手の感触が首の回りに残っていましたけど、神父様のことが心配で、どうしてあんなことをされたのか、考えている余裕はありませんでした。

清美さんに新宿駅まで送っていただいたのですが、改札で信越本線が動いていないと駅員さんが大声で説明していました。詳しく聞くと、強風で何かの電線が切れているということでした。復旧までかなり長い時間がかかるだろうということでしたので、とりあえず待つしかないと代々木の家政婦協会に戻ってきたのです。

神父様、幸子は心配です。電車が走り出したら、すぐ帰ります。それまで、待っていてくださいね。

三章　秋

神父様、先日はわざわざ駅までお見送りいただき、ありがとうございました。幸子は電車に乗ってから、神父様のことを思い出して泣き通しでした。

三年前も同じように見送っていただきましたが、あの時と比べるとずいぶん痩せてしまわれて、心配でなりません。お体を大事に、無理なさらないでくださいね。

こうして電車に乗り、窓の外の風景を眺めていると、初めて東京に出た時のことを思い出します。幸子は高校を卒業したばかりの十八歳、右も左もわからない田舎娘でした。

家政婦として一年と少し働き、ようやく東京の暮らしに慣れたと思っていたら、神父様が心筋梗塞で倒れたという連絡を受け、取るものも取りあえず、槇原村へ飛んで帰りました。

二日間、意識不明だった神父様が目を開けられて、幸子に微笑みかけた時の幸せは一生忘れません。すべて神様のご加護です。感謝します。

教会の子供たちはまだ小さいですから、神父様のお世話はできません。幸子しかいないと自分でも思いましたし、村の人たちからもそうしてほしいと頼まれ、その日のうちに村に残ると決めました。

もちろん、無責任なことをするつもりはありません。家政婦協会の了解を取り、雨宮の旦那様や奥様のお許しもありましたので、神父様の看病と身の回りのお世話をさせていただきたいと幸子の方からお願いしました。

病院が臨時職員として雇ってくれることになったのは、ありがたいことでした。ずっと面倒を見ていただいていた神父様にお仕えするのは、幸子にとっても喜びです。

でも、心臓の病気というのは怖いですね。いつも明るくお元気だった神父様が歩けるようになるまで、一年ほどかかったでしょうか。杖をつきながら病院の廊下を散歩する神父様の後について歩いていると、ここまでお元気になられてよかったと、幸子はまた泣いてしまいました。

退院された神父様が教会に戻られるには、それからまた一年ほどかかりました。そうなると幸子も病院で働くわけにもいきません。

昔のように教会で暮らせばいいと神父様はおっしゃってくれましたけど、どうしても勉強したいという幸子の願いを聞き入れて、東京へ行くことを許していただきましたね。ありがとうございます。

東京の家政婦協会に連絡してみると、ちょうどよかった、と清美さんがおっしゃいました。雨宮の奥様が、新しい家政婦を探していらっしゃるというのです。

幸子が辞めてから、雨宮の家に何人か家政婦が雇われたそうですが、あの子が一番よかったと幸子のことを奥様がおっしゃっていたという話は、清美さんから電話で何度か聞いていました。

別に幸子が優れているということではなく、どんな家でも相性というものがありますから、それだけの話なのですけど、そうおっしゃっていただけるのはありがたいことです。

二年前までと同じように住み込みで働いてほしい、給料など条件は前と同じ、お嬢様方も会いたがっているというお話でした。正直なところ、少し迷ったのは本当です。

嫌だということではありません。旦那様や奥様、お嬢様方によくしていただいたご恩は忘れていません。働くことも、東京で暮らすのも初めてで、不慣れだった幸子に優しくしていただきました。

ただ、二年前のあの日、奥様が幸子を罵った時のことはよく覚えていました。憎悪に歪んだお顔が恐ろしくて、その後何度も夢に出てきたほどです。

でも、あの頃奥様は心がお疲れになっていて、だから自分を抑えられなかったのでしょう。あのようなことはもうないのだ、と自分を納得させました。

清美さんからも強く勧められたこともあり、よろしくお願いしますと申し上げました。住み込みで働ける家は今のところないということでしたし、初めての家より慣れている雨宮の家の方がいいのも本当です。

半年ほど前、旦那様が交通事故で亡くなられたという連絡をいただいていました。ひき逃げされたのだそうです。酷い話ですが、まだ犯人は捕まっていないとも聞きました。

旦那様が亡くなられたというのは驚きでしたし、お葬式にも伺おうと思っていたのですが、神父様が体調を崩されていた時期でしたので、弔電を打つくらいしかできませんでした。ご恩返しもできずに、申し訳なく思っています。また雨宮家で働かせていただいて、少しでもお役に立てればとも思いました。

今、幸子は東京に向かっています。懐かしいような、あの頃に戻ったような、何だか妙な感じです。

神父様、くれぐれもお体に気をつけて、何かあったら必ず幸子を呼んでくださいね。飛んで帰りますから。

神父様、ようやく荷物の片付けが終わりました。二年ぶりに戻ってきましたが、幸子の部屋は前のままです。もともと家政婦用の部屋ですから、変わらないのは当たり前ですけど、やっぱり落ち着きます。

今日の昼、家政婦協会にご挨拶してから、清美さんと一緒に広尾の雨宮家へ伺いました。正直なことを言いますけど、少しびっくりしました。家の様子がずいぶんと変わっていたからです。

大きな庭は雑草が伸び放題に生えていましたし、植木にも手を入れていないようでした。二年しか経っていないのに、壁の色もどこかくすんで見えました。

家の中もずいぶんと様子が違っていました。何より、ほとんど家具がないのです。幸子がいた頃はアンティークのテーブルだったり、イタリアで買い揃えたという食器類など、美しいものがたくさんあったのですが、そういうものはすべてなくなっていました。

幸子と清美さんを迎えてくれた奥様に、リビングでご挨拶しました。奥様は少しお痩せになられたでしょうか。美しさは以前のままですが、髪の毛にいくらか白いものが交じっていました。

何より驚いたのは奥様の服装です。身に着けておられるのはブラウスもスカートもすべて純白で、ネックレスとブレスレットもチェーンの部分が白く塗られていました。

「久しぶりね、幸子さん」

奥様が幸子の手を握りました。お優しい声は昔と同じでした。元気だったの、と何度も聞かれて、はい、とうなずくしかできませんでした。

「奥様、すぐに連絡もせず、申し訳ありませんでした。あの、旦那様のことですが、お悔やみ申し上げます」

最初に申し上げたのは、旦那様のことでした。専門学校に通わせていただいたり、あれだけお世話になった旦那様がお亡くなりになられたのに、恩知らずな幸子は電報を打つぐらいしかできなかったのです。

奥様が涙をこらえながら、何度もうなずいておられました。気がつくと、幸子も泣いていました。清美さんが間に入ってくれなかったら、奥様と二人で大泣きしていたかもしれません。

それからテラスに出て、三人でしばらくお話をしました。清美さんは家政婦協会の人間として、雇用条件の確認をしなければなりません。やはり最後はお互いの合意がなければならないということでした。

ただ、以前と同じ条件とわかっていましたので、あくまでも確認に過ぎません。幸子が辞めてから、三人の家政婦を派遣してもらったけれど、どうしても我慢できずに辞めてもらったの、と奥様がおっしゃいました。

「古いことを言ってるのかもしれないけど、最近の若い子はどうも礼儀を知らないように思えて……」

そのお言葉で、何となく事情がわかりました。奥様は生活の規範をお持ちです。何でも物わかりよく許してしまう、という方ではありません。

でも、それがわからない子もいるでしょう。三人の家政婦と合わなかったというのは、うなずける話でした。

その後、世間話を一時間ほどしていたでしょうか。チャイムが鳴り、足音が重なって聞こえました。玄関の方を見ると、梨花様と結花様が入ってこられました。

神父様、二年というのは短いようで長いですね。特に子供にとってはそうなのでしょう。二年ぶりに見るお二人は、新入生として中学に入ったばかりのあの頃と比べて、とても大人っぽくなっておられました。もう中学三年生なのですから、当たり前かもしれないですけど。

西園寺中学校は制服があるのですが、週に一度私服を着て登校してもいい日があります。自由な校風の学校なのです。

今日がその日だったようで、お二人とも私服姿でした。着ていたのは真っ白なお揃いのワンピースです。奥様のお好みなのでしょう。

久しぶりね、幸子、と梨花様がにっこり笑いました。もともと可愛らしいお顔をしてらっしゃったのですが、中学生とは思えないほど、美しくなっておられました。

これほどの美少女は、東京中探してもめったにいないのではないでしょうか。背はあまり伸びておられませんでしたが、時折見せる大人びた表情が、何とも言えずチャーミングでした。

結花様はただ頭を下げただけでした。これは後で聞いた話ですが、結局病気のために一年間休学なさり、ようやく復学することができたのだそうです。ですから、結花様はまだ中学二年生なのです。

顔色が悪く、疲れた表情を浮かべていました。やっぱり病気は怖いです。あまり食欲もないという話も奥様から後で聞きましたが、おかわいそうでなりません。

でも不思議なもので、背は少し高くなっておられました。比べると、梨花様より五センチほど高いのです。旦那様に似たということなのかもしれません。

お二人もテラスにいらして、お茶を飲みながら昔話をしました。丸二年お会いしていなかったわけですけど、涙が出るほど懐かしかったです。いろいろなことが思い出されました。

夕方になって清美さんが帰り、奥様ともう一度二人だけで話しました。今日からまたお世話になりますと頭を下げると、本当にありがとう、と幸子を抱きしめました。

結花様の病気、旦那様が亡くなられるなど、いろいろお辛いことが多かったのでしょう。

また泣いておられました。

「主人が亡くなったのをきっかけに、生き方を変えることにしたの」奥様がリビングとキッチンを指さしました。「いらないものは全部処分して、シンプルな暮らしにしようと思って……大丈夫よ、そんな顔しないで」

奥様には幸子の考えていることが、何となくわかったようでした。

「お金はあるの、主人の保険金や、株の配当とかね。だから心配しなくていいの。幸子さんのお給料は十分に払えますから」

お金のことが気になったのは本当です。旦那様が亡くなってしまわれたのですから、クリニックからの収入はないはずですし、お嬢様方は私立の学校です。学費もお高いでしょう。

幸子のことはいいのですが、どうやってお暮らしになってるのか、気になっていたのです。でも、そんなことは言えません。ありがとうございますと頭を下げることしかできませんでした。

「そんなにお金なんか必要ないとわかったの」着てるものだって、と奥様が白いブラウスの裾をつまみました。「これが二枚あれば、いちいち着替えなくてもいい。そういうことがわかる年齢になったということなのかしらね」

庭の手入れや、家の修繕なども止めたし、車も処分したとおっしゃって、あの子たちと一緒に幸せに暮らせればそれでいいの、と幸子の目を見つめてうなずきました。

それでは家政婦も必要ないのではありませんかと申し上げると、難しいところね、とお笑いになられました。家事が苦手なのは変わっていないそうです。苦手というより、お嫌いなのは前から存じておりました。

仕事は明日からお願いと言われて、部屋に戻りました。またこの家でお世話になることについて、迷いというか躊躇がなかったとは言えません。二年前のあの日、奥様との間で何があったか、忘れたわけではないのです。

でも、何か事情があったのでしょう。奥様は変わらず美しく、そして前よりもっと優しくなられたように感じました。そして懐かしさと、また東京で働けるという喜びが幸子の中にありました。

村が嫌いということではないのですけど、やっぱり東京に出たいという気持ちがあるのです。また働かせていただきたいと思います。奥様、お嬢様方、よろしくお願いします。

そして神父様、幸子は元気に頑張りますから、くれぐれもお体をお大事に。また手紙を書きます。おやすみなさい。


一週間経ちました。東京は二年ぶりですが、そんなに変わっていません。

いくら村と時間の流れが違うといっても、二年は二年ですものね。街並みが変わるものでもありませんから、幸子もすぐ慣れました。

変わったのは雨宮家のご家族です。旦那様が亡くなられたこともそうですが、奥様も二人のお嬢様も、前とは少し違っていました。

お嬢様方が変わられたのは、当たり前です。同じ中学生でも、一年生と三年生では環境も違います。十三歳と十五歳、二年しか差はないのですけど、それぐらいの年頃ですと、一年一年が大きいのは幸子にもよくわかります。

梨花様は本当に本当に、美しくなられていました。二年前も、子供とは思えないほど整った顔立ちでしたけれど、それは少女の愛らしさでした。今は違います。体型も含め、すっかり女らしくなって、まばゆいばかりです。

梨花様が女王様のように美しくお育ちになったのと比べると、結花様は表情も暗く、いつも疲れたような顔で過ごしています。もともと、どちらかといえば痩せておられたのですが、今は棒のような体つきと言えばよいのでしょうか。失礼かもしれませんが、正直に言えばそういうことになります。

もちろん、病気のせいです。梨花様が太陽だとすれば、結花様は月のような美しさをお持ちでした。決して派手ではありませんが、女性的で控えめな美少女だったのです。それが二年でこんなに変わってしまうなんて、病気というのは残酷なものですね。やつれて、元気もなく、体を動かすのもお辛いようでした。それでも、良くなった方だそうです。

二年前はほとんど寝たきりでしたから、回復していると奥様がおっしゃるのはその通りなのでしょう。何もお力にはなれませんが、一日も早く元の結花様に戻ってほしいと祈ることだけはできます。毎朝、毎晩、結花様の健康をお祈りするのが幸子の日課になりました。

お二人の関係は変わりません。何事についても梨花様が指図をして、結花様はそれに従います。前と比べて、梨花様の言葉が少しきつくなっているように思いましたが、結花様はその方がいいようです。

消極的な性格ですから、ああしなさいこうしなさいと言われる方が楽なのでしょう。仲良く過ごされている二人を見ていると、幸子も幸せな気持ちになります。

梨花様がいらっしゃらない時、結花様はいつも机に向かって手紙を書いています。誰に書いているのですかと伺うと、雑誌の文通コーナーでお友達になった全国の方に書いているのとお答えになられました。

幸子も昔、一、二度したことがあります。明星とか平凡で見つけたヒメノのファンと何度か手紙のやり取りをしました。あれは確か広島の女の子だったと思います。

あまり話が合わず、数回で自然に終わってしまったのですが、結花様は四、五人の方と頻繁に手紙のやり取りを続けているようでした。自宅のベッドで療養していた時、退屈を紛らわせるためにこの趣味を見つけたそうです。気持ちはわかります。ベッドで一日中寝ているのでは、時間を持て余したことでしょう。

お嬢様方より気になるのは、奥様のことです。幸子がいた頃も、だんだんとお友達を呼んだりすることが少なくなっていたのですが、それでも訪ねてくる方はいらっしゃいましたし、電話で長話をすることもあったのです。

でも、今日で一週間になりますが、家にお見えになる方はほとんどいません。電話がかかってくることもないのです。

訪ねてこられるのは有坂様だけです。毎日昼過ぎにいらして、一緒に昼食を取り、後はずっと部屋にこもってお話をされています。そのために他のお客様を招いたり、お相手する時間がないということなのでしょうか。

有坂様はとても背が高く、痩せています。凜として、正面から見つめられると、思わずこちらが顔を伏せてしまうような、目の力がお強い方です。

有坂様もいつも真っ白の服を着ておられます。よく考えると、前からそうだったような気もします。奥様が白の服を好むようになったのも、有坂様の影響なのでしょう。

仲がよろしいのはいいことだと思いますが、有坂様は奥様を独占しようと考えておられるようで、あまりいい感じがしません。奥様が幸子に用事を言い付けただけでも、外の人と話すのは止めなさいと注意されていました。

外の人、とはどういう意味なのでしょう。幸子は奥様に雇われているのですから、雨宮の家の者だと思うのですが。

でも、幸子だけがそういう扱いを受けているのではありません。昨日のことですが、榊原様は来られないのですかとお伺いしたのです。前は榊原様とお二人でこの家を訪れていましたし、親しい間柄だとわかっていました。どうしていらっしゃらないのでしょう。

あの人は違うとわかったからです、と有坂様は答えられました。

「雨宮さんとは違います。外の人なのです」

仲違いでもされたのでしょうか、と思いました。最初は榊原様が有坂様を奥様に紹介したはずです。

榊原様は昔から奥様とは親しくされていて、変な言い方ですが、有坂様は後から入られたのです。仲間外れにしてしまうのはどうなのでしょう。

その時はそれだけでしたが、後で奥様に呼ばれて、榊原さんの名前を口にしてはいけないと注意されました。有坂様の気分を害することになるからだそうです。幸子がいなかった二年の間に、仲が悪くなったようでした。

女性ですから、そういうことがあるのはわかります。昨日まで親友だった子といきなり口も利かなくなる、そういう経験は女性なら誰でもあるのではないでしょうか。

ただ、それは中学生や高校生の話で、奥様や有坂様のような大人でもそんなことがあるのかとびっくりしました。でも、それは人それぞれなのでしょう。これから気をつけます、と答えて下がりました。

それより気になったのは、奥様が「有坂様」とお呼びしていたことです。幸子は使用人ですし、年もずいぶん離れていますから、有坂様とお呼びするのは当然ですけど、奥様はどうなのでしょう。お友達ではないのでしょうか。

奥様が有坂様のことを尊敬しておられるのは、態度でわかります。いえ、崇拝と言った方がいいかもしれません。

奥様はすべてにおいて有坂様に従われます。細かい話ですけど、毎日、昼食を家でお取りになる時、食事のメニューを決めるのも有坂様です。有坂様が食べ始めなければ、奥様はフォークやナイフを取りもしません。

有坂様はお肉やお魚、お野菜を買うお店や産地まで指定します。奥様がお金を出し、幸子が買い物に行って、料理をするのです。どうして何でも有坂様の言う通りにしなければならないのか、幸子にはわかりません。

しかも、お肉やお魚料理を食べるのは有坂様だけです。奥様は野菜サラダとか、そんなものしか口にしないのです。

お昼から贅沢なステーキとか、豪勢なお刺身だとか、メロンのような高級な果物をお召し上がりになる有坂様と、キャベツやレタスのサラダだけの奥様。幸子は不思議でなりません。

それ以外にも、奥様は有坂様にいろいろな贈り物をしていました。封筒を渡していたのを見たことがありますが、あれはお金だと思います。お友達にお金をあげるなんて、聞いたことがありません。

でも、それで奥様は満足そうにしておられるので、幸子が余計なことを申し上げるのは間違っているのでしょう。黙っているしかありません。


神父様、今日は嬉しいことと悲しいことがありました。どちらから先に書こうか迷いましたが、まず悲しかったことを書くことにします。神父様にも笑顔で手紙を読み終えていただきたいので、嬉しかったことは最後に書きますね。

雨宮家で働くようになって、ひと月近く経ちました。仕事は前と比べてとても楽です。母子三人暮らしになられたので、その分やることも減りました。奥様が質素な暮らしを心掛けておられることもあって、それほどすることもないのです。

お嬢様方についてもそれは同じで、小学生の時は幸子が送り迎えをしていましたけど、そんなことはしなくていい、ということでした。中学生にもなって、家政婦に送り迎えされるのはお嬢様方も恥ずかしいでしょう。

それはそれでいいと思うのですが、気になるのは梨花様と結花様のことです。前からそうでしたが、お二人の間には主従関係に似たものがありました。梨花様が主人で、結花様が仕える側です。

お二人を見ていると、以前と比べてその傾向がますます強くなっているのがわかりました。梨花様は結花様のことを、自分より劣っていると考えておられるのです。

劣っているというのはわかりにくいかもしれませんが、要するに休学して一年生を二回やらなければならなくなった結花様のことを蔑んでいるということです。毎日のようにからかったり、馬鹿にするような言葉を投げつけるのを見ていると、幸子はとても辛いです。

結花様が留年して、もう一度一年生になったのは病気のせいです。結花様もどんなにお辛かったでしょう。それを理由に叱ったり馬鹿にするのは違うと思うのです。

でも、何かにつけて梨花様はそれをおっしゃり、結花様のことをお笑いになります。どうして同じ姉妹なのに、あたしが三年で結花は二年なの、そんなことです。

結花様の成績が二年生の中で、真ん中ぐらいだというのは幸子も奥様から聞いていました。小学生の時はトップクラスで、優秀な生徒だと学校から表彰を受けたこともあるのですが、病気で一年休んでいる間、一切勉強をすることができなかったために、成績が落ちてしまわれたのです。

学校に戻ったといっても、体調が完全に良くなったわけではありませんから、勉強どころではなかったのでしょう。宿題などができなかったこともたびたびあったそうです。

成績が落ちてしまったのは残念ですけど、やはりそれも仕方ないのではないでしょうか。悪いのは病気で、結花様に落ち度はないのです。

でも、梨花様にとってはそれも蔑む理由のひとつだったようです。一歳下の子と一緒にいて、どうしてあの子たちよりできないの、と嘲《あざけ》っているのを聞いたこともあります。

中間テストの結果が発表された今日、梨花様は今までより酷く結花様をなじっておられました。どうやって手に入れたのかわかりませんが、結花様の答案用紙を一枚一枚出しては、この点数は何なの、と結花様の口に丸めた答案用紙を押し込んでいくのです。

「数学42点、幾何56点、現代国語62点、英語21点」

結花様に大きく口を開かせ、そこにくしゃくしゃにした答案用紙を突っ込んでいく様子は、童話に描かれていた悪い魔女のようでした。

おとなしく結花様は従っています。紙がノドに詰まって、咳き込んでも梨花様は許しません。最初からまた始めます。

「数学42点、幾何56点、現代国語62点、英語21点」

思わず幸子はお二人の間に入って、お止めくださいと答案用紙を取り上げました。

「何なの」

梨花様が立ち上がりました。何と申し上げればいいのでしょうか、逆らえない何かを感じて、思わず頭を下げてしまいました。

「差し出がましいとは思いましたが、結花様はまだお体が……」

「生意気ね」

それだけ言って、梨花様がものすごい目で幸子を睨みつけました。子供とは思えないほど恐ろしい目です。どうしていいのかわかりません。ただ頭を垂れているしかありませんでした。

「生意気なのよ、幸子は」梨花様が幸子の周りをぐるぐる歩き始めました。「使用人のくせに、家政婦のくせに、誰のおかげでこんな立派な家に住めてるかわかってる？」

もちろんです、と何度も首を振りました。幸子が間違っていました。使用人が申し上げることではなかったのです。

「前もそうだった。態度が悪くて、すごくイライラした。田舎娘のくせに、頭悪いのに、ブスなのに、東京に出てきてどうする気？　ホントにイライラするイライラしてお前なんかイライラする頭おかしいんじゃないの何なのよえらそうに」

いきなり梨花様が幸子のお腹を蹴りました。みぞおちに入って、息ができなくなり、その場にうずくまってしまいました。

「不潔で、太っているのに、変に女臭くて、いやらしい顔をして。物欲しげに男を見てる。ああ、気持ち悪い。そんなに男が好きなの？　淫乱な目をして、許されるはずない許さない許さない許しておけない」

早口でまくしたてる梨花様が、幸子の体を蹴り続けました。痛みではなく、恐ろしくて動けませんでした。逆らってはならない、それだけがわかりました。

幸子は二十一歳です。梨花様はまだ十五歳です。でも、幸子より梨花様の方が上です。梨花様が幸子を支配するのは当然です。

「幸子がいけませんでした。差し出がましいことを申しました。お許しください」

「それが許しを請う者の態度？」

見上げると、梨花様が腰に手を当てて覗き込んでいました。

「詫びるなら、それなりのやり方があるでしょう。土下座しなさい」

冷たい声で言われて、幸子は正座しました。そのまま床に頭をこすりつけましたが、それで許されると思ってるの、と梨花様が睨みつけました。

頭を垂れている幸子の体を、どこから取り出したのか、梨花様が竹のヘラで叩き始めました。笑っています。

「最初から気に入らなかったんだ。お前みたいな馬鹿女、この家に出入りできるだけでもありがたいと思うべきなのに。お前みたいな女が偉そうにするなんて間違ってる。そうでしょ」

申し訳ありません、とお詫びしました。でも、梨花様は幸子を打ち続けました。

「腹が立つ。イライラする。お前みたいな田舎者、見ているだけで吐き気がする」打たれたところに血がにじみ始めました。「馬鹿女。色気だけのくせに。男に抱かれることばかり考えて、いやらしい。恥ずかしい。淫らな心と体で男に接して、許されるわけがない。死ねばいい」

梨花様の腕に力がこもりました。何度も何度も、幸子の肩、背中、腕を叩きます。口からよだれが飛び散っています。

気が遠くなっていきました。お許しくださいとすがる肩に凄まじい一撃を加えられて、幸子は動けなくなりました。

助けてください、と指を伸ばしました。結花様が立ったまま、じっと見つめています。結花様も怖いのです。何もできないのでしょう。

どれぐらいそんな時間が続いていたのか、覚えていません。聞こえてきたのはチャイムの音でした。お客様がいらしたのです。

竹のヘラを放り捨てた梨花様が、出なさいと命じました。顔は打たれていませんでしたので、こんなことがあったとは誰にもわからないでしょう。申し訳ございませんでした、これから気をつけますとお詫びして、玄関に向かいました。

神父様、今日あった悲しい出来事というのはこれです。梨花様が本気で幸子を叩いたのか、それとも一種の冗談だったのか、それはわかりません。死ねばいいとまでおっしゃっていましたが、梨花様は深く考えないまま、そういうことを言ってしまう性格なのは存じていました。

ちょっと行きすぎただけなのだ、と思うことにしました。幸子も反省するところがありました。姉妹のことに家政婦が口出しするのは余計なことです。分をわきまえなければならなかったのです。

もうひとつ、せっかく東京で暮らすことになったのだから、ということもありました。上京してひと月かそこらで、長野に戻るのは恥ずかしいですし、多少理不尽なことがあっても耐えなければならないでしょう。

長野に帰らないまでも、雨宮の家を出て行けばいいのかもしれませんが、部屋を借りたり生活していくだけのお金はありません。今は我慢するしかないのです。

でも、嬉しいこともありました。玄関のドアを開けると、そこにいらしたのは懐かしい宗像先生だったのです。

二年前、東京を離れてから、宗像先生とは連絡を取っていませんでしたが、大学を卒業されたことは奥様から伺っていました。その後別の大学に入り直して、今は医学部に通われているそうです。そのつもりで準備しているという話は、前に聞いたことがありました。

大学での勉強が忙しかったために、家庭教師を休ませてもらっていたけれど、今日からまたお世話になりますと先生がおっしゃいました。幸子が戻って来ていることは、奥様から聞いていたそうです。

前と同じように子供部屋にお通しすると、梨花様と結花様が並んで勉強机の前に座っていました。ついさっきまで、あれほど幸子を打ち続けていた梨花様も、何も言わず見ていた結花様も、何事もなかったかのように微笑んでおられます。

特に梨花様は、先生が来られることが嬉しいご様子でした。お二人の間に座った先生の顔をじっと見つめ、よろしくお願いしますと甘えた声でおっしゃり、腕にしがみつくようにしていました。

十五歳ですけど、その目は大人そのものでした。梨花様は宗像先生に恋をしているのです。十五歳の少女ではなく、一人の女として宗像先生の前にいるのです。

先生の方はどうなのでしょうと思っていましたが、何も考えていないようでした。半年ぶりに家庭教師を始められたということですが、先生にとってお二人は昔のままの子供なのでしょう。

二時間ほど部屋にこもって、勉強が続きました。一階にいた幸子に、お茶を持ってきて、と結花様が声をかけられましたので、準備していたティーセットをお持ちしました。

「先生、うちに住めばいいのに」

幸子がお持ちした宗像先生のティーカップに、角砂糖を二個入れながら、梨花様が熱心に勧めていました。

「調べたの。医学部はどうしてもお金がかかるでしょう?」

宗像先生が改めて入学したのは、有名な名門校、東峰医大だそうです。私立の大学ですから、学費は国立に比べて高いでしょうし、医学部が他の学部と比べてお金がかかるのは、幸子でも知っていました。

「この家で暮らして、大学に通えばいいと思う。パパの部屋も空いてるし、東峰医大は千駄ヶ谷だから、ここからでも通えるでしょう？　家賃もいらないし、バイトなんかしなくてもよくなる。あたしに勉強を教えてくれれば、それでいいんだから」

　家庭教師だけでなく、先生は他にもアルバイトをしているようでした。苦学生ということになるのでしょうか。

「お金だったらママに言えば、もっと払ってくれるよ」

　そうはいかないさ、と先生が苦笑しました。子供が言ってることだと思っておられるのでしょう。子供に勉強を教えるだけで、医大に通うほどのお金をもらえるようなことはない、とおわかりなのです。

　子供の話です。本気とか冗談ではなく、そうなったらいいのに、という夢物語なのです。

　宗像先生がそう思うのは当然ですが、梨花様は真剣な表情でした。卒業してお医者様になったら、うちのクリニックを継げばいいと先生の手を取りました。

「どうして今まで思いつかなかったんだろう」小首を傾げた梨花様が、ゴメンなさいと舌先を少しだけ出しました。「クリニックは休院してる。働いていたお医者様や看護婦さんもみんないなくなっちゃって、そのままになってるから、放っといたらもったいない。設備はあるんだから、先生が継いでくれたらそれが一番いい。結花もそう思うでしょ？」

　結花様がうなずきました。あたしたち看護婦になる、と梨花様がおっしゃいました。

「そうだよね、結花？　あたしたち、看護婦になって先生と一緒に働くの。そしたら、梨花と先生はずっと一緒にいられる」

子供の思いつきだ、と先生が思っているのがわかりました。卒業して、医師免許を取るのにまだ何年もかかるでしょうし、旦那様は外科医でしたけど、先生も同じ外科を志すかどうか、まだわからないはずです。

お二人が看護婦になるというのも、まだ十五歳ですから、先のことは何とも言えません。その辺りは、まだまだ具体的な話にならないはずです。何年も先の約束は誰にもできません。

「先生がクリニックを継ぐの」梨花様が宣言するように言いました。「梨花と結花は看護婦になります。梨花は一生先生のおそばにいて、尽くします。約束します」

結花様も一緒に看護婦になるようにと命じられたのは、梨花様にとって当然のことなのでしょう。お仕事でなくても、服を選んだり食事を決めるのも、すべて梨花様で、結花様は従うだけです。結花様もうなずかれていましたから、それでよろしいのでしょう。

ただ、梨花様は宗像先生とお二人だけでクリニックを継ごうと考えておられるようです。二人で、と何度も繰り返しておられましたから、きっとそのおつもりなのだと思います。でも、それでは結花様はどうなってしまうのでしょうか。

もっとも、すべては夢の話です。夢に細かいことを言っても、意味はありませんよね。

先生の小指に、梨花様が自分の小指をからませました。指切り、と大きく腕を振っています。

宗像先生は笑っておられました。梨花様の夢につきあっているのでしょう。

でも、梨花様はとても嬉しそうでした。結花様はそんなお二人のことを、羨ましそうに見つめておられました。


神父様、昨日はお電話いただき、ありがとうございました。この前の手紙を読んで心配になったとおっしゃっていましたが、幸子は大丈夫です。

あれから、梨花様に叱られるようなことはありませんし、この前はゴメンね、とも言っていただきました。仲直りというほどのことでもありませんが、何もなかったことにして、元気で働いています。

神父様こそ、お声に元気がないようでした。お体に気をつけてくださいね。

宗像先生と久しぶりにお会いしてから数日経った夜、夕食の準備をしていると、梨花様が奥様に話している声が聞こえました。看護婦になりたい、とおっしゃっていました。

「梨花は思ったんだけど、パパのクリニックを宗像先生に継いでもらうの。梨花は結花と看護婦になって、先生と一緒に働く。いい考えだと思わない？」

梨花様は宗像先生と一緒にいたいのです。それに、旦那様のクリニックを今のままにしておくのはもったいないともお考えなのでしょう。

ただ、まだ十五歳の中学三年生です。幸子もよく知っているわけではありませんが、看護婦になるためには高校を出て短大に行くか、専門学校に進まなくてはならないはずです。看護婦になれたとしても、五年以上先の話ですし、今から考えても仕方がないでしょう。

奥様もそうおっしゃると思っていましたが、静かに首を振って、無理ねとはっきりお答えになりました。

「その前に、クリニックを売らなければならなくなるから」

どうして、と梨花様が真っ青な顔になりました。予想していなかったお返事に、戸惑っておられるようです。お金がないもの、と奥様が大きなため息をつきました。

「あなたたちにはわからないでしょうけど、建物というのは持っているだけでもお金がかかる。維持費だって必要だし、税金も払わなきゃならない。だから売らないと駄目なの。ママはお金がいるのよ」

梨花様の表情が硬くなっていました。何ひとつ不自由なく育ってきたお嬢様ですから、家にお金がないというのがショックだったのでしょう。

「パパが亡くなってから、ずっと考えていたの。あのクリニックを売れば、生活するために十分なお金が入る。もちろん売りたいわけじゃないのよ。おじいさまの代からのクリニックだし……でも、仕方がないの」

どうして、と梨花様が奥様の両腕をつかみました。

「何でうちにお金がないの？　パパが死んで、保険金が下りたって言ったじゃない」

「それはそうなんだけど、いろいろ大変なの」奥様が苛立ちをぶつけるように、食卓を何度か平手で叩きました。「保険金だって、いつまでもあるわけじゃない。貯金を切り崩したり、できる限りのことはしたつもり。でも、もうどうにもならないの」

梨花様の大きな両目に涙が浮かびました。嘘、と叫んでいます。でも奥様は首を振りました。

「買いたいと言ってくれる人がいて、相談してるところなの。まだ決めたわけじゃないし、もしかしたらもっと高く買ってくれる人が出てくるかもしれないから、今すぐどうこうってわけじゃないんだけど」

だったらママも働いてよ、と涙を拭いながら梨花様が口を尖らせました。

「お金がないのに、どうして幸子を雇ってるの？　ママがすればいいじゃない」

「あなた、何を言ってるの？」奥様が不思議そうに梨花様を見つめました。「ママが働くなんて、できるわけないでしょう。何をしろと？　商店街のお店で野菜を売れって？　そんなことしたら、どんなに笑われるかわかってる？」

「……会社でお仕事するとか。ＯＬさんって、みんなそうやって働いてるよ」

奥様がおかしそうに笑いました。笑って笑って、目尻に涙が浮かんでいます。あなたは楽しい子ね、と梨花様の顔を撫でました。

「嫌よ、ママ、そんな下品なことしたくない。家事だってそうよ。お料理やお掃除なんて、ママがすることじゃない。そんなのは家政婦の仕事」

「だけど、普通のママはみんな……」

一緒にしないで、と奥様が厳しい声でおっしゃいました。

「その辺の馬鹿な女と比べないで。ママは雨宮家の出ですよ。そんなみっともないこと、絶対にしません」

それなら、と梨花様が隣に座っていた結花様を指さしました。

「幸子なんか雇わなくても、この子が家政婦の仕事をする。できるよね？」

「そんなこと言ってるんじゃない。幸子のお給料なんか、どうにでもなる」もういいでしょう、と奥様がおっしゃいました。「もっといろいろ大変なの。どうしてわからないの？」

「有坂のおばさんに渡してるお金のこと？　ねえ、何であの人にお金あげなきゃいけないの？」

幸子は手を止めました。梨花様も気づいておられたのです。

奥様は有坂様にお金を渡しています。でも、なぜそんなことをしなければならないのか、幸子も不思議に思っていました。

しばらく黙っていた奥様が、あなたに勉強を教えてくれる宗像先生にもお金を渡してる、と静かな声で言いました。

「教えてもらってるのだから当たり前。それはわかるでしょ？」

わかるけど、と梨花様が不満げに答えました。それと同じなの、と静かに奥様が立ち上がりました。

「有坂様はママの先生なの。あの方からあらゆることを学んでいます。あの方が気づかせてくれた。ママのすべてが間違っていたと……有坂様のような素晴らしい先生は他にいません。あの方は何もかもわかっておられるのです」

奥様がにっこり笑いました。美しい顔にその笑みが浮かんだ時、なぜか幸子の体は震え始めていました。

「あなたは知らないことだけど、有坂様に学びたいと思っている人はたくさんいるのよ。だけど、ほとんどの人が断られる。なぜだかわかる？　外の人だから、資格がないから」

外の人、と奥様がおっしゃいました。それは有坂様がよく口にするお言葉です。どういう意味があるのでしょう。

「何もわかってないくせに、ただ救いを求めてくるような頭の悪い女は相手にされない。当たり前です。あの方は選ばれた人間で、お側に仕えるためにはやはり選ばれた者でなければならない。ママは選ばれたの。どんなに素晴らしいことかわかる？」

奥様が歩き始めました。全身から悦びが湧き上がって、座っていられないご様子です。

「あの方に近づこうとして、それがかなわなかった者はあの方を悪く言う」地獄に堕ちればいい、というつぶやきが奥様の唇から、漏れました。「榊原のような哀れな女は生きてる価値がない。そうです、ママが有坂様にお願いして、あの女を排除してもらいました。不要な人間はそうするしかないのです」

奥様がどんどん早口になっています。ご自分でも止められないようです。リビングをすごい速さで歩き回りながら、大声で叫びました。

「ママは有坂様の偉大さを世間に伝えたい。あの方こそ救い主です。どうしてわからないのかしら。あなたにはまだ早いと思って言いませんでしたけど、もうすぐ終末の日がやってきます。この国が、いえ、世界中の人が神の炎で焼き尽くされる日がやってくるのです。でも、あの方と一緒にいれば幸せに暮らすことができる。汚れた外の人たちが全員滅びれば、残った者は天使になれる。ああ、早くしないと間に合わない」

奥様が梨花様と結花様を引き寄せて、強く抱きしめました。大丈夫、安心しなさい、とささやきかけています。

「あなたたちには資格がある。ママの娘ですもの、あなたたちも選ばれた天使です。外の人ではないのだから、ママが救ってあげる。そのためには、すべてを捧げて有坂様に尽くさなければ」

ママ苦しい、と梨花様が呻き声を上げました。ますます腕に力がこもっています。感極まったように奥様が叫びました。

「クリニックなんていらないのがわかったでしょう。すべてを有坂様に捧げて、救済のために使っていただきましょう。この汚れた世界、腐った世の中に別れを告げて、美しい清らかな次の次元に移るの。それが幸せなのよ」

でも、と梨花様がつぶやきました。その肩をつかんだ奥様が、まだわからないの、と凄まじい目で睨みつけました。

「クリニックの片がついたら、次はこの家だ。こんな家は必要ない。浅ましい暮らし。贅沢をして、強欲なことばかり……許されない。家などなくていい。雨風がしのげれば十分だ。どこかアパートでも借りて、三人で暮らせばいい。わかった？」

「だって……だってママには、そんなこと……」

「できますよ。できますとも。幸子には通いで来てもらいましょうね」

深く息を吐いた奥様が、もう一度お二人の肩を強く抱いてから、話は終わりですと手を離しました。

「どちらにしても、今すぐという話じゃありません。あなたたちは中学生だし、結花はまだ二年生です。せめて結花が卒業しないと、そうもいきません……でも、いずれはそういうことになります。わかったでしょう？　宗像先生はいい人だし、ママも大好きだけど、あのクリニックを継ぐことはできない。だって、クリニックは売ってしまうのだから」

幸子さん、と奥様が呼びました。何もなかったように優しい声です。

「夕食の用意はできた？　もういい時間です。ご飯にしましょう」

わかりました、と答えました。いつもありがとうね、と近づいてきた奥様が幸子を強く抱きしめました。

「あなたが戻ってくれて、本当に助かっているの。あなたがあたしたちのことを思って働いてくれてるのはよくわかってる。あなたのことも大好きよ。外の人でさえなかったらよかったのにね」

さあ、ご飯よ、と奥様がテーブルに戻っていきました。幸子は心配です。奥様は前と変わらず、お優しくて美しいのですが、何かが違っています。

でも、どうしたらいいのかわかりません。命じられるまま、食卓の準備を始めました。

神父様、嫌な話を聞きました。

今朝のことですが、近所の交番のおまわりさんが家を訪ねてきたのです。一度落とし物を拾った時、話したことがありました。

「朝早くからすいませんね」おまわりさんが頭を下げました。「ちょっとその、言いにくいのですが……二丁目の杉山《すぎやま》さんはご存じですか」

知りません、と答えました。雨宮家は四丁目ですから、少し離れています。同じ四丁目の方とは挨拶をすることもありますが、川を挟んだ二丁目の杉山さんという名前に聞き覚えはありませんでした。

「そうですか。いや、その方が猫を飼っているのですが、昨夜死んでいるのが見つかりまして」

かわいそうに、と思わずつぶやいてしまいました。幸子は動物が大好きなので、犬でも猫でも死んでいたと聞けばかわいそうでなりません。実は、とおまわりさんが声を潜めて首を左右にゆるゆると振りました。

「病気ではなく、殺されていたんです。それも、首を切られて……」

「……首を？」

切断されていました、とおまわりさんが大きく息を吐きました。

「惨い話ですよ。これが初めてじゃなくてですね、この界隈で半年の間に四件、似たような事件があったんです」

知りませんでした。もっとも、幸子は東京に戻ったばかりですから、そんなことがあったなんて知る由《よし》もないのですけれど。

「ハサミか何かで目を抉《えぐ》ったり、手足を切られたり……まったく、どうかしてますな、昨今は。変質者の仕業なんでしょうけど、あまりにも残酷な手口なんで、問題になっていましてね。首を切り落としたのは、今回が初めてなんですけど」

朝から嫌な話で申し訳ありません、とおまわりさんが頭を下げました。広尾といえば高級住宅街ですが、そんな酷い人がうろついているのでしょうか。

「そうなんですよ。広尾ですからね。こんな事件は本当に困るというか」おまわりさんが白髪交じりの頭をがりがり掻きました。「広尾にも変質者がいないわけじゃないんでしょうけど、ペットを傷つけたり、殺すっていうのはどうもね……」

何かご存じのことはありませんかと聞かれましたが、何も知りません。得体の知れない人がうろついていたり、様子のおかしな人を見かけたら教えてくださいと言って、おまわりさんは帰っていきました。

その後買い物に行った時、商店街の人からも猫の話を聞きました。鋭い刃物で刺し殺し、それから首を切り落としたようだということです。

神父様、信じられません。世の中にはそんな酷いことをする人がいるのでしょうか。東京はそういう町なのでしょうか。

怖いです。何かあったらと思うと、ぞっとします。気をつけなければならないと思いました。

神父様、お元気ですか。前の手紙からずいぶん空いてしまいました。東京は秋の気配がしています。村はどうでしょうか。神社のイチョウはそろそろ色づき始めましたか。

先日、時間があれば少し話したいことがあると宗像先生に言われて、日曜日のお昼に恵比寿の喫茶店へ行きました。何のことか察しはついていましたが、先生が話し出したのは、やはりピアノ教師の小柳千尋先生のことでした。

お二人がどんなおつきあいをしていたのか、幸子は詳しいことを知りません。でも、深く愛し合われていたのが、苦しげな宗像先生の顔を見ていてわかりました。

顔に深い皺を刻みながら、彼女のことを忘れられないとおっしゃいました。千尋さんが突然姿を消したのは二年以上前のことですけど、よほど心に残っておられるのでしょう。

「わからないことばかりだ」先生がくわえていた煙草を灰皿に押しつけながら言いました。

「千尋さんが雨宮さんの家のピアノ教師を辞めたいと言っていたのは、ぼくも聞いていた」

幸子もです、と答えました。夏ぐらいから、そんなことをおっしゃっていたような記憶があります。

「理由は言わなかったけど、年内には辞めたいとか、そんなふうに言ってたと思う。だけど、ピアノを教えるのを全部辞めるとか、そんなふうには考えていなかったはずだ。他の家の子供たちには、年が明けてからもピアノを教える予定だったのも知ってる」

先生が新しい煙草に火をつけました。チェーンスモーキングと言うのでしょうか。何かに苛立っているのがわかりました。

「辞め方もいきなりだった。彼女がそんな無責任な人間じゃないのは知ってるよね？　後輩を紹介するという話もあったはずだけど、結局何もしないまま、突然……他の家には断りなく辞めている。おかしいと思わないか」

思います、とうなずきました。お辞めになってから、幸子にも連絡はありませんでした。千尋さんと幸子はお友達ですから、何か言ってくれてもよかったのではないでしょうか。

警察に行って話を聞いた、と宗像先生が煙を吐きました。

「彼女の行方はわかっていない。実家に帰ったのではないかと何度か問い合わせたけど、ご両親は何も連絡がないと答えたそうだ。どこへ行ったのかはまったくわからないし、銀行の口座からお金を引き出した形跡もないと言ってた」

おつきあいしていたとはいえ、宗像先生は他人ですから、警察がそんなに簡単に何でも教えてくれるとは思えません。よほど熱心に通ったのでなければ、詳しい事情を教えてくれなかったでしょう。熱意が幸子にも伝わってきました。

「……彼女は事故に巻き込まれたんじゃないかと思うんだ」先生が顔を両手で覆いました。「例えばだけど、車にひかれて、そのまま連れ去られたとか、あるいは事件とか……何か重大な犯罪の現場を目撃して、口封じのために拉致されたとか、そんなことも考えられる」

ぼくに連絡してこないのは絶対におかしいとつぶやいて、コップの水を半分ほど飲みました。そうかもしれません。幸子はともかく、宗像先生に電話一本かけてこないというのは、やはりおかしいと思います。

「彼女は悩んでいた。それはわかっていた」先生が髪の毛をくしゃくしゃに引っかき回しました。「夏ぐらいから、電話をしても出ないことが何度かあった。気になって、何回かアパートまで行ったこともある。彼女はいなかった」

「そういうこともあるのではないでしょうか」反対するつもりはありませんでしたが、先生が恐ろしいことを考えているのがわかって、ついそんなふうに言ってしまいました。「千尋さんもお友達がいらしたでしょうし、遊んでいて時間を忘れてしまったり、そんなことがないとは……」

彼女はそんな人じゃない、と先生がテーブルを叩きました。

「友達はいたよ。ぼくも何人かは知ってる。だけど、彼女はめったに夜遊びなんかしない子だった。お酒も飲まないし、派手な暮らしはしていなかった。もちろん遊びに行くことがなかったわけじゃない。でも、そういう時は必ず連絡があった。真面目な性格だったんだ」

そういう人だったと幸子も思います。東京の若い女性は遊んでばかりだとか、そんな話をよく聞きますが、千尋さんはそういう方ではありませんでした。

「こんなこと考えたくないけど、彼女は他の男とつきあってたんじゃないか……そう思えてならない」

まさかそんなこと、と幸子は首を振りました。宗像先生がご自分でおっしゃった通り、千尋さんは真面目な女性です。恋人の宗像先生がいらっしゃるのに、他の男の人とおつきあいするなんて、考えられません。

「いや、間違いない」先生が空になったコーヒーカップをテーブルに置きました。「彼女は悩んでいたし、ぼくのことを避けるようになっていた。他に男がいたとしか思えない。夫に近づかないで、という声を聞いたという話もある。勘だけど、年上で金を持っている男だ」

「どうしてそう思われるのですか？」

服やバッグが高級品になっていた、と先生がブランド名をおっしゃいました。

「カルティエの時計をはめているのに気づいた時は、どうしたんだと聞いたよ。親からもらったと言っていたけど、そんなはずない。あんな時計をプレゼントするのは金がある男で、年齢も上なんだろう。結婚してるのかもしれない。つまり不倫だ。だから悩んでいたのか……」

腕を組んで考え込まれている先生に、そんなことはありえませんと申し上げました。千尋さんを知っている人なら、誰でもそう言うでしょう。

「その男との交際について、悩んでいたのかもしれない」先生がゆっくり口を開きました。

「ぼくに対する裏切りと考えていたのか……彼女の友達に聞いたんだけど、夜中に泣きながら電話してきたことがあったそうだ。何を言ってるのかわからないぐらい、混乱していたという。どうしたのかと心配して一度会おうと言ったけど、それきりだったと……」

考えすぎではないでしょうか、と幸子は申し上げました。

「気持ちはわからなくもないですが、宗像先生に隠れて他の方とおつきあいするとか、ましてや不倫なんて……千尋さんに限って、そんなことがあるとは思えません」

ぼくもわからないんだ、と先生が組んでいた腕を解きました。

「そういう性格じゃなかったのはよく知ってる。だけど、間違いない。彼女は別の男とつきあっていた。ぼくを裏切り、人の途《みち》に外れた不倫をしていた。だから苦しんでいたんだろう。何があったのか……もしかしたらその男に殺されたのかもしれない」

びっくりして、何も言えませんでした。まさか、そんなことが。そんな恐ろしいこと、あるはずないです。

「先生……殺されたなんて……」

そうだね、と苦笑いを浮かべた先生が、冗談だよと幸子の肩を軽く叩きました。

「そんなことあるはずないよね。小説やドラマじゃないんだ。そんな物騒な事件、起きるわけがない」

でも、そう言いながら先生の目は険しくなっていました。お顔がすごく怖くなって、見ていられなくなるほどです。

ふと、視線を感じて顔を上げました。誰かに見られているような気がしたのです。

辺りを見回しましたが、喫茶店に知った顔はいませんでした。それきり何も言えないまま、黙ってコーヒーを飲んでいるしかありませんでした。

神父様、物騒なことが続いています。またペットが殺されたのです。今度は犬だそうです。その犬のことは幸子も知っていました。商店街の角にある酒屋さんが飼っていたポメラニアンで、プチ子という女の子です。

たまに吠えられることもあって、それは困りましたけど、誰でも構わず尻尾を振って近づいてくるような、そんな可愛い犬です。誰があんな小さな犬を殺したのでしょう。

酒屋の奥さんは寝込んでいるそうです。ショックだったのでしょう。教えてくれたのは酒屋の小僧さんでしたけど、ご主人は誰がやったかわかり次第、同じ目に遭わせてやると毎晩この辺りをぐるぐる歩き回っているそうです。

「だってさ、幸ちゃん」小僧さんが声をひそめて言いました。「酷い殺し方なんだよ。おれも見たけど、まともな人間の仕業じゃない。手足をバラバラに切り落として、目をくり貫いて、口を耳まで裂いて」

止めて、と幸子は耳を塞ぎました。そんなの酷すぎます。残酷です。信じられません。でも、小僧さんは幸子のそんな様子を面白がって、もっと詳しく話したのです。目玉や鼻、口や耳を切り取って、全部きれいに並べていたそうです。どうかしてます。

そんな残酷なことができる人間がいるでしょうか。悪魔だって、そこまでしないと思います。

　プチ子は誰にでもなつく犬でしたから、犯人がおびきよせるのは難しくなかったでしょう。酒屋のご夫婦や小僧さんが店にいる時を見計らっておやつをあげれば、どこへでもついていったかもしれません。

　ですが、そんなふうに犬を殺したのなら、吠えたりして誰かが気づいてもおかしくないと思うのですけど、近所の誰も鳴き声を聞いていないということでした。プチ子のバラバラになった体が見つかったのは、商店街の裏にある空地だそうですが、犬が悲鳴をあげたら誰かが気づくはずです。どうして誰にもわからなかったのでしょう。

　まずプチ子を殺して、それから体をバラバラにしたのでしょうか。でも、警察はそうではないと考えているそうです。というのも、プチ子を殺した現場には大量の血が流れていて、生きている時に切り離さないと、そんなふうにはならないのだと言います。

　それも酷い話です。プチ子は生きたまま、手足を切り取られ、目玉をくり貫かれ、口を大きく裂かれたのです。生かしたまま、そんな残酷なことをするなんて、やっぱりまともな人間ではないのでしょう。

　ただ、わからないのは、どうやってそんなことができたのかということです。空地は路地から少し入った奥まったところにあるので、あまり人は通りません。それでも、プチ子が鳴けば誰かがその声を聞いたはずです。

警察がどう考えてるのか聞くと、殴って気絶させたか、それとも毒入りの肉を食べさせて意識を失わせたのか、そんなふうに考えてるらしいということでした。おれはそう思わないけどね、と小僧さんが言いました。

「プチ子はすばしっこいからさ。悪さをした時、一発食らわしてやろうと思って、棒っきれで追いかけ回したことがあるんだ。だけど、人間じゃ無理だよ。プチ子が飛び回ったら、捕まえることなんかできない。わかるだろう？」

わかります、と幸子は答えました。犬は敏感です。悪意を持っている人には近づきませんし、さっさと逃げるでしょう。

「毒っていったって、そんなものなかなか手に入らない。ネコイラズみたいな毒はあるけど、あんなのを食べたら小さな犬はみんな死んじゃうよ。犯人は薬や毒で殺してないんだ。いったいどうやってプチ子の意識を失わせたんだろう」

幸子にはわかりません。殺さずに気絶だけさせるというのは、むしろ難しいのではないでしょうか。

槇原村の役場の助役さんが飼っていたペスが病気になった時、獣医さんが麻酔を打っていたのを見たことがありますと幸子は言いました。おれもそうじゃないかと思うんだ、と小僧さんが辺りを見回しました。

「犬のことに詳しい奴がやったんだと思う。麻酔薬とか、獣医だったら持ってるだろう？　おやつでもあげればプチ子は近づいてくるから、隙を見て注射したんじゃないかって……だけど、そんな獣医がいると思うかい？　この辺の先生のことは知っているけど、そんな酷いことをする人はいないと思うな」

獣医さんは動物の病気を治してくれるお医者様です。殺してしまうようなことをするはずがありません。ましてや、そんな酷い殺し方をするなんて、考えられないでしょう。

「これで五匹目だ」まだまだ続くだろうな、と小僧さんが言いました。「この辺も住みにくくなってきたよ。おれも田舎に帰ろうかな」

そうした方がいいかもしれない、と幸子も思いました。東京は花の都と人は言いますけど、どこか闇のようなものがある気がします。神父様、やっぱり村に帰ろうか、そう思っています。

この前は愚痴のような手紙を書いてしまいました。ごめんなさい。あれから毎日考えているのですが、村に帰るのは違うようにも思えてきました。どうしたらいいのか、もうしばらく考えてみます。

雨宮家の暮らしはとてもおだやかです。家の中にいると、静かで、何も面倒なことは起きません。とても過ごしやすいです。

ひとつには、奥様がほとんど部屋に閉じこもっていることもあります。この数週間ずっとそうなのですが、食事の時とお風呂の時を除けば、ずっと部屋の中で過ごしているのです。最近は有坂様もお見えにならないので、お嬢様方と幸子以外、どなたともお話しになりません。

旦那様のことを考えていらっしゃるのだと思います。どうしてわかるのかというと、部屋から線香の匂いが絶えず漂ってくるからです。たぶん外国製なのでしょう。普通の匂いとは違って、少し甘ったるい香りです。

それに、時々奥様が唱えるお経のような声が聞こえてくることもあります。旦那様の冥福を祈っておられるのでしょう。奥様は旦那様のことを深く愛しておられましたから、お寂しいのだと思います。

そうやってほとんど部屋から出ないので、幸子にあれこれ言いつけることもありません。家の中にいても静かだというのはそのためです。

奥様は独特の好みがあって、前は家具の配置とか、食器の場所を変えたり、突然思い立って何か命じられることがあって、それが大変と言えば大変だったのですが、幸子が東京に戻ってからは、そんなこともなくなりました。

幸子の仕事は朝ご飯と夕食を作ること、洗濯とお部屋の掃除だけです。これは前からそうでしたけど、奥様は食事についてうるさくない方です。簡単なものでも構わないですし、朝は紅茶しか飲みません。二人のお嬢様も、それに合わせて朝はパンだけとかそんなふうでしたから、特別に何か作る必要もないのです。

さすがにお嬢様方は成長期ですから、肉や魚料理を召し上がりたいようでしたが、奥様はなるべく出さないようにと幸子に命じていました。生きているものを殺して食べるのは、殺生だそうです。血を口にするのは汚《けが》れなのだとおっしゃいます。

でも、幸子には何を食べてもいいとおっしゃいます。あなたは何を食べても構わない、と優しい声で言いました。幸子は外の人だから、そんなことしなくてもいいそうです。

よくわかりませんが、自分のためにハンバーグを作って食べたりしています。お嬢様方が食べたいとおっしゃれば、こっそり出すこともありました。

そういう毎日ですから、買い物にもあまり行かなくなりました。部屋の掃除も毎日やるほどのことはありませんし、奥様は二着の服を毎日取り替えるだけですから、お洗濯もそれほど量はなく、幸子の仕事は本当に少なくなってしまいました。

お嬢様方が平日学校に行ってしまうと、後片付けをしてそれで終わり、という日もしょっちゅうです。あまりにも暇なので、思い立って庭の掃除をすることにしました。

二年ぶりに雨宮家で働くようになってから、庭のことはずっと気になっていました。広い庭ですが、荒れ放題と言ってもいいほどです。庭師を呼ばなくなって一年以上経つということですから、そうなるのは仕方ありません。

汚くなっていますし、雑草などもたくさん生えています。木は枝や葉を刈っていないので、外から見てもかなりひどい様子だとわかるでしょう。

幸子は素人ですから、木の手入れまではできませんが、草刈り機はありますし、やれるだけやってみようと思いました。あれほど美しかった庭が荒れているのを見ると、心が痛みました。

もしかしたら、庭は奥様の心の表れなのかもしれません。旦那様がお亡くなりになって、奥様の心も荒《すさ》んでおられるのでしょう。庭をきれいにすれば、奥様の胸の内も少しは晴れるのではないでしょうか。

手始めに物置から出した草刈り機を使って、少しずつ芝生をきれいにしていきました。神父様はやったことありますか？　すごく大きな音がしますけど、意外と楽しいものです。

でも庭は広く、慣れていないせいもあって、半日かけても十分の一ほども終わりませんでした。仕方ありません。

その後、ホウキで落ちていた葉を集めて、庭の隅で燃やしました。あまり量があると火事になってしまいますから、少しずつしかできません。どうしても時間がかかってしまいます。

庭にはお嬢様方が小学生の頃使っていたブランコがありました。もうお二人とも中学生ですから、乗ることはありません。ちょっと寂しい思いがしました。

寂しい思いがするのは、もうひとつ、奥様の花壇です。あれほどお花の好きな奥様でしたけれど、幸子が戻ってきてから、庭に出ているところを見たことはありません。

手入れをしなければ、花壇などすぐに駄目になってしまいます。今では花も咲いていません。

でも、一輪だけ咲いていました。名前はわかりませんが、とてもきれいな赤い花です。

不思議ですね、神父様。奥様が何もしなくても、肥料も水もあげていなくても、美しく咲く花があるのです。荒れてしまった庭の中で、そこだけが違う世界のようでした。

神父様、東京に戻って三ヶ月ほどが経ちました。秋も終わりに近づいています。お変わりはありませんか、体調はいかがでしょうか。

教会の子供たちからもらった葉書に、神父様の具合がよくないようだと書いてありました。入院するほどのことはないみたいだということですが、心配しています。無理に返事をなさらなくても結構ですから、お大事にしてくださいね。

こちらは相変わらずです。奥様はほとんど部屋から出てきませんし、もうひと月近く有坂様も訪ねていらっしゃいません。奥様のお顔を見るのは、朝方だけです。

その時は少し幸子とも話します。戻ってからずっとそうなのですが、奥様は幸子が二年間何をしていたのか、何度もお聞きになります。この家にお世話になった時のことを、誰かに話していないか知りたいようでした。

言葉にしませんが、雨宮の家の悪口を言ったのではないかと思っておられるのかもしれません。幸子はそんな口の軽い娘ではないつもりですし、神父様以外の方にはあまり東京の話をしないことにしています。

でも、奥様はずいぶんと気にしておられるようでした。昨日の朝のことですが、はっきりさせた方がいいと思い、奥様の思い違いですと申し上げました。

「こちらの家でお世話になって、楽しいことばかりでした。奥様にも、亡くなられた旦那様にも優しくしていただきましたし、二人のお嬢様はとても可愛らしくて、幸子は大好きです。しかも広尾のような美しい街の、こんな大きな家に住まわせていただいて、お給料や待遇など、不満に思うことは何ひとつありませんでした。感謝こそすれ、悪く言う理由などありません」

それならいいのだけど、と奥様が声を潜めました。誰かに聞かれるのを恐れているようでした。

「あなたに厳しく当たったり、嫌なところを見せてしまったこともあったと思うの」引きつった笑みを浮かべながら、奥様がおっしゃいました。「そういう話を村の人とか、家政婦協会の方に告げ口したり、そんなことがあったんじゃないかって……」

「そんなこと、幸子はしていません」

「本当に？　誰にも言ってない？」

奥様が紅茶にミルクを注ぎながら聞きました。あふれたミルクが受け皿にこぼれ、テーブルを濡らしましたが、気づいておられないようです。

「余計なことを言ったりはしません。奥様、幸子を信じてください」

それならいいの、とだけ言って奥様が部屋に戻りました。幸子はテーブルを拭きながら考えました。奥様が気にしているのは、家政婦協会なのでしょう。

月に一度、幸子は家政婦協会に行きます。その時、働いていて不満はないかとか、そんな話を清美さんから質問されることがありました。労働基準法という法律があるので、働いている者の権利を守るために、そんなことを聞くのです。

これは前の話ですが、奥様がお嬢様方に対し、時々折檻することがありました。言葉で叱ったりするならまだしも、竹のヘラで叩いたり、シャワーの水を浴びせたり、見ていて怖くなったこともあったほどです。

でも、それを清美さんに話したことはありません。日ごろ、奥様がお嬢様方にどれだけ深い愛情を持って接しているかわかっていましたし、心の優しい方です。そんなことをしてしまうのは、娘を愛していればこそでしょう。叩いたりした後は、奥様もひどく後悔されていました。

それに、どこの家でも子供を甘やかしてばかりではないはずです。しつけも必要ですし、時には厳しく叱ることがあってもいいと思うのです。

その辺りは、家によって多少違いがあるでしょう。度がすぎると思ったこともありますが、他人に後ろ指をさされることではないはずです。

幸子がまた雨宮家のお世話になるようになってからはそんなことはありませんし、お肉やお魚を食べないとか、そんな小さなことを清美さんに言いつけるつもりもないのです。

奥様は何を気にしているのでしょうか。東京に戻ってから、お使いに行っている間に持ち物を調べられたようなことが二度ほどあったように思うのですが、それも奥様なのでしょうか。

やはり戻ってくるべきではなかったのかもしれません。東京に憧れ、東京で働きたい、学びたいと思っていた幸子は間違っていたのでしょうか。

神父様、正直に書きます。幸子はこちらの家で働くのを辞めようと思っています。清美さんにも伝えました。

どうして辞めたいのか、理由を話しなさいと清美さんから言われました。でも、ここまで書きましたように、不平不満があるわけでもなく、嫌なこともないのです。

ただ何となく、この家にいてはいけないと感じるのです。何か恐ろしいことが起きるような気がするのです。

清美さんにそう話すと、二十一歳にもなって子供みたいなことを言って、と笑われました。世の中、誰でも少しは我慢しながら暮らしている。多少の不満は抑えて、長いものには巻かれなさい、とも言われました。簡単に辞めたりしてはいけないと清美さんがおっしゃるのは、もっともなことです。

それでも辞めたいのですとお願いすると、後任を探すから、決まるまでは仕事を続けてほしいと言われました。契約しているということもありますし、いきなり幸子が辞めると家政婦協会の立場がなくなるというのはわかります。

幸子としても、やはり東京にいたいという思いがあります。専門学校に入って、勉強したいという気持ちは変わっていません。

しばらく前に、学生寮のある専門学校を見つけて、相談したのですが、今は時期が中途半端なので、年が明けた一月から入校してほしいと言われていました。それもあって、もうしばらくの間だけ働くことにしました。

貯金は少しありますけど、専門学校の寮に入るにしても、もう少しお金が必要です。あと二ヶ月だけ働かせていただいて、当座のお金を貯めようと思っています。

奥様が以前と少し変わられたことも、それほど気になるわけではありませんし、仕事が嫌なわけでもないのです。ただ、何となく、ここに幸子がいてはならないように思えるのです。ちゃんとした理由もなしにこんなことを言うのはおかしいとわかっています。でも、本当にそう思うのです。


神父様、お手紙ありがとうございました。お体の具合があまりよろしくないのに、心配をおかけして申し訳ありません。

長野に戻ってきなさいとおっしゃっていただき、とても嬉しく思いました。専門学校に行きたいというのなら、それはいいとしても、家政婦の仕事は辞めた方がいいということですが、幸子もそう考えて、奥様や清美さんにも相談しているところです。もう少ししたら、はっきりすると思います。

早いもので、街を歩いている人たちが、冬物のコートを着ている姿が目立つようになりました。長野ほど寒くはありませんが、東京もそろそろ冬なのです。

しばらく前から、来年の高校受験に向けて、梨花様は慌ただしいご様子でした。前にも手紙に書いたと思いますが、梨花様は看護婦になりたいという希望をお持ちです。聞いたところでは、西園寺高校に上がっても、その後看護婦の資格を取るために、短大か専門学校へ行かなければならないそうです。

それでは時間がもったいない、と梨花様は考えておられるようでした。東京には看護婦になるための高校があるので、そこへ行きたい、と中学の先生に直接おっしゃったそうです。

梨花様は西園寺中学の三年生の中で、成績はトップです。学年全体で一番なのです。西園寺高校に進めば、その後はそれこそ東大にだって行けるかもしれません。

中学の担任の先生は、看護婦になりたいという梨花様に反対しておられ、このまま高校へ上がった方がいいと勧めているそうですが、梨花様は看護婦の資格を取れる高校へ進学するとお決めになっていました。

そのための勉強も熱心で、宗像先生に教えていただく日を一日増やし、週三日勉強しています。それでも足りない、と不満を奥様にぶつけることもありました。

でも、本当の理由は違います。梨花様は宗像先生と一緒に過ごす時間を増やしたいのです。看護婦になるとおっしゃっているのも、すべて宗像先生のためなのです。

最近は梨花様もそれを隠すつもりがないようで、毎回家庭教師でいらっしゃるたびに、宗像先生はこの家に住んだ方がいいと繰り返しおっしゃるようになりました。先生もどう答えていいのかわからないようで、奥様が許さないよと苦笑しながら手を振るだけです。

「ママは大丈夫。梨花が言えば、何でも聞いてくれるもの」

梨花様が宗像先生の手を取って、ゆっくりと、慈しむように触れています。それだけのことですが、梨花様のお顔は輝いていました。

結花様は横でじっと見つめています。結花様も宗像先生が雨宮家で一緒に暮らせればいいとお考えのようでしたが、梨花様のように自分の気持ちをまっすぐ伝えることができない、おとなしい性格です。梨花様が羨ましいのかもしれません。それほど目に力がこもっていました。

「嫌なの？　先生。梨花と一緒にこの家に住むのが嫌？」

梨花様が宗像先生の首に手を回して、体を預けました。前にドラマで見たことがありますが、バーやクラブの女給さんのようです。十五歳なのに、大人の色気があふれんばかりでした。

「結花もそう思うよね？」梨花様が先生の胸に顔を埋めたまま、低い声でおっしゃいました。

「結花も先生がここで暮らした方がいいでしょう？」

はい、と結花様がうなずきました。ほらね、と梨花様が美しい笑みを浮かべて、先生の顔を覗き込みました。

「ママだって、男の人がいた方がいいと思ってる。何かあった時、梨花たちだけだとどうにもならないでしょう？　知ってる、先生？　最近、この辺りで動物が殺される事件が起きてるの」

新聞で読んだよ、と先生が腕を外して立ち上がりました。お帰りになる時間です。待って、と梨花様が握りしめた手に頬を寄せました。

「梨花は怖いの。変質者とか、頭のおかしい人がこの家に入ってきたら、どうすればいいの？　この家には女しかいない。男の人にはかなわない。先生がいてくれたら、あたしたちを守ってくれるでしょう？」

大学に行かないと、と先生が軽く梨花様の頭に触れて、ドアの方へ向かいました。その後を追いかけながら、梨花様が部屋を出ていきます。声だけが聞こえてきました。

「先生だって、この家に住みたいでしょ？　梨花と一緒にいたいでしょ？　わかってる、先生の思っていること。全部わかってる。梨花わかってるの先生のこと何でもわかる先生もそうでしょ梨花のこと何でも知りたいでしょ全部全部教えるから全部話すからお願い梨花のそばにいて……」

玄関のドアが開く音がしました。お見送りしなければなりません。慌てて下へ降りていきましたが、先生の後ろ姿が見えただけでした。見えなくなるまで見送っていた梨花様が、大きなため息をついてドアを閉めました。

「幸子、ぼんやり突っ立ってないで、お茶の用意をしてちょうだい。ああ、むしゃくしゃする。ケーキあったでしょ？　出しておいて」

つまんないつまんないとつぶやきながら、梨花様が二階へ上がっていきました。こんな時は何も言わずに従うしかありません。幸子はお湯を沸かし始めました。

週に一、二度、宗像先生と外でお会いするようになりました。ロマンチックに聞こえるかもしれませんが、全然そんなことはありません。先生が聞くのは、千尋さんのことばかりです。

先生はずっと千尋さんのことを調べていたそうです。足取りがはっきりしているのは一月十四日の夕方までだとおっしゃいました。

「広尾近辺のいくつかの家でピアノを教えていたから、聞いて回れば、あの日どこで何をしていたか正確にわかった。午前中から夕方まで三軒の家を回っている。最後の家を出たのは十四日の夕方六時前だった。その後、時間はわからないが、自分の部屋に帰っている。前にも話したと思うけど、隣の住人が話し声を聞いてるから間違いない。夫に近づかないでという女と話していたんだ」

刑事か探偵さんのようです。メモを見ながら話す姿も堂に入っていました。

「最後に行った家では、小学五年生の息子さんが卒業式でピアノを弾くことになったので、何日か続けて練習する約束をしたそうだ。そのスケジュールを決めるために電話すると彼女の方から言っていたけど、結局かかってこなかった。翌日、十五日の午前中、広尾の商店街の人が彼女を見ている。それ以降、姿を見た者はいない」

先生が汗のにじんだ額をこすりました。どういうことなのか、幸子にはわかりません。わかるのは、千尋さんらしくないということです。

幸子と会う時も、時間を必ず守っていたし、急用ができても遅れる時は連絡がありました。律義というか、真面目な性格の方だったのです。

電話をすると約束したのなら、そうしたはずです。その日のうちかどうかは別として、電話なら翌日にでもできたでしょう。

翌日の十五日、千尋さんは広尾に来ていたということですから、公衆電話からでもかければよかったのではないでしょうか。それに、何の用事があって広尾まで来たのでしょう。あの日は成人式の祝日で、ピアノを教えにくるはずはないのです。

自分の意思で姿を消したと警察は考えていると前に聞いたことがありましたけど、そうではないように思えます。千尋さんがいなくなったのには、誰かが関係しているような気がしてきました。

　ぼくもそう思う、と宗像先生がうなずきました。顔色が少し青ざめていました。

「先週、彼女のご両親に会ってきた。実家へ行ったんだ」

　千尋さんの実家は、確か新潟ではなかったでしょうか。宗像先生はそれだけ真剣なのです。

「前に、彼女がカルティエの腕時計をしていたと言ったのは覚えているかい？」

　覚えてます、と答えました。千尋さんはネックレスやイヤリングなどもなさらない方で、飾り立てるのを好まないのも知っていましたから、それも不思議でした。

「ご両親は二人ともまだ五十代なんだけど、すっかり憔悴していてね……彼女が行方不明になった時、東京で少しだけ会った。あの時と比べて、ずいぶん老け込んでたよ。お父さんなんか、髪が真っ白になっていた」

　一人娘がいなくなったのですから、心配されるのは当然でしょう。宗像先生とは別に、ご両親も千尋さんのことを捜し続けていたのです。

「アパートにあった彼女の私物は全部実家に送られていて、それを見せてもらった。こんな言い方は失礼だけど、ご両親はブランドについてあんまり詳しくないんだ。新潟県から出たこともめったにないと言ってたから、そういうものなのかもしれないけど」

「千尋さんは、カルティエ以外にも何かお持ちだったんですか」

幸子も千尋さんの親御さんのことは言えません。海外ブランドで知っているのは、シャネルとかエルメスとか、それぐらいです。実はぼくもそうなんだ、と宗像先生が苦笑いされました。

「ぼくの家もそんなに裕福だったわけじゃないし、そういうものは男性の方が疎いからね。だから気にしたことはなかったんだけど、服のタグを見たらジバンシイというブランドばかりで……他にもグッチのバッグとか、イヴ・サンローランとかセリーヌとかの服や小物がたくさんあった」

聞いたことがない名前ばかりでしたけど、イタリアやフランスでは有名だそうです。宗像先生のメモにはそれ以外にも、バーバリーのコートとか、マックスファクターの化粧品とか、いろいろなブランド名がありました。

「幸ちゃんは気づかなかったかい？」

いいえ、と首を振りました。幸子はそういうブランド物に疎いので、全然わからないのです。

「彼女がピアノを教えていたのは、全部で十軒ほどだ。多少差はあるけど、週一回教えて、一軒あたり月二万円ぐらいだったという。だから彼女の収入は月に約二十万円だった」

ずいぶん高いように思いますが、ピアノという特殊な才能をお持ちだったのですから、家政婦とは比べられないでしょう。

「大卒の初任給が十一、二万だというから、それに比べると二十五歳の女性としてはかなりの高給といえばそうかもしれない」でも会社員とは違う、と宗像先生が煙草に手を伸ばしました。「ボーナスもないし、住宅手当なんかもない。健康保険だって自分で払っていた。そうやって考えると、同い年の人とそんなに変わらないんじゃないかな」

そうかもしれません。先生がテーブルに指で20、と数字を書きました。

「生活費は全部自分で稼いでいた。それが二十万円くらいで、そこから実家に仕送りをしていた。八万円と言ってたよ。それまでは月二万円だったけど、いなくなる半年ほど前からいきなり八万円送ってくるようになった。どう思う？」

「関係があるのかどうかわかりませんけど、おじいさまが亡くなられて、実家が大変なのとおっしゃっていたのを覚えています」

あれはいつだったでしょう。幸子が雨宮の家にお世話になってしばらく経った頃ですから、夏だったでしょうか。

「おじいさまに借金があって、それをお父様が返済しなければならないとか、そんなことです。自分も何かしなければならないと思ったのではないでしょうか」

そういう性格だったのは、幸子もよくわかっているつもりです。少しでも足しになればと思って、自分の収入から八万円を捻り出したのではないでしょうか。

「そうかもしれない。でも、やっぱりおかしくないか」宗像先生が指でこつこつとテーブルを叩きました。「親孝行な娘だったら、自分の服や靴なんかは後回しにするはずだ。年頃の娘だから、なるべくいいものを着たいと思うのは当たり前だけど、海外のブランド品を身に着ける必要はないし、だいたいそんなこと無理だろう。彼女が使っていたヴィトンのバッグを東京で買ったら二十万円はする。そんなお金がどこに？」

目が回るような大金です。バッグだけでなく、服や靴などもそうだとすれば、全部で百万、二百万円ぐらい軽く超えてしまうかもしれません。

「暮らしぶりもかなり贅沢だった。住まいこそ安アパートだったけど、食料品はいつもナシヨナルマーケットや六本木の明治屋で買っていた。酒は飲まなかったけど、部屋に高級ワインやブランデーが置いてあった。使ってる化粧品も高価なものばかりだ。変だと思わないか」

宗像先生が早口になっていました。おっしゃる通り、確かに変です。どうして千尋さんはそんな暮らしができたのでしょうか。

「愛人がいたと考えると辻褄《つじつま》が合う」宗像先生が背中を椅子に当てて、ため息をつきました。

「どうしてあれだけの数のブランド品を持っていたのか、実家に仕送りができたのか。ピアノ教師以外に働いていないことはわかってる。あんな大金、水商売でもしなければ無理だろう。彼女は男に金を渡されていた。そうとしか思えない。ブランド品はプレゼントだったんだ」

「でも……」

「望んで関係を結んだとは思わない」そんな女じゃないのはぼくもよくわかっている、と先生がおっしゃいました。「たぶん、幸ちゃんが言ったおじいさんの借金が理由なんだろう。お金に困っている両親を見かねて、自分を売る決心をした。自分を犠牲にしてでも、誰かのために尽くそうとするところがあった」

そういう女性だった、と前髪をかき上げながらつぶやきました。もし本当だとすれば、千尋さんはどんなに心苦しかったでしょう。

「ぼくに対する裏切りだとわかっていたはずだ。思い違いでなければ、彼女が愛していたのはぼくだった。だけど、金が必要になった。ぼくに相談することはできない。貧乏学生のぼくには、どうすることもできないとわかっていただろうからね。男との関係が深くなっていけばいくほど、罪の意識が重くなった。辛そうにしていたのはわかってたんだ。どうしてぼくはぼんやり見ていたんだろう。悩みがあるなら話してほしいと言うべきだった」

先生の責任ではありません、と幸子は手を握って言いました。

「ご自分を責めないでください。それに、幸子は千尋さんがそんな汚れたことをしていたなんて、どうしても信じられません。何かの間違いです」

「そうだったらと思う。思い込みなんじゃないかってね……だけど、そういうことじゃないようだ」

「どうしてわかるんです？」

「ピアノを教えていた子供たちに話を聞いたんだ。そのうちの一人が、彼女が車に乗ってるのを見たことがあると……学校から帰る途中、高樹町の交差点で彼女を見かけたそうだ。声をかけようとしたけど、近づいてきた車に乗って、そのまま行ってしまったという。白い車だったらしいけど、それ以外はわからない。タクシーじゃないのは幸ちゃんにもわかるだろ？」

わかります、と答えました。千尋さんがタクシーに乗るなんて、考えられません。どこへ行くにも電車かバスか、そうでなければ歩いていました。

「白い車を見たという子供がもう一人いた。その子の家を出る時、向かいに停まっていたと言うんだ。彼女がピアノのレッスンを終わる時間を知っていて、迎えに来ていたんだと思う」

幸子も思い出したことがありました。あれは三年前の十二月だったでしょうか。千尋さんを街で見かけたことがありました。

顔を強ばらせて道に立っていた千尋さん。声をかけようとしたのですが、近づいてきた車に乗り込んでそのまま行ってしまいました。

あの時の車は、確かに白かったように思います。そして、運転席にいたのは男の人だったようでした。

「仮にそうだったとして……その男の人は、千尋さんがどこにいるか知っているのでしょうか」

宗像先生が乾いた笑い声を上げました。

「知っているどころじゃない。おそらく、その男が彼女を殺した。山の中にでも埋めたんだろう」

まさかそんなこと、と言いかけた幸子の唇が動かなくなりました。宗像先生の顔が真っ青になっていました。

「彼女は殺された。理由はわからないが、それこそ男と女だ。別れ話がもつれたのか、他に何かあったのかもしれない。何があってもおかしくないんだ」

それきり何も言わず、宗像先生は何本も何本も煙草を吸っていました。幸子はまだ信じられません。

神父様、どう思われますか？　千尋さんはそんな人ではないのです。やはり警察が考えているように、事故に遭って記憶を失い、どこか別の町で暮らしているのではないでしょうか。


神父様、お知らせがあります。清美さんと奥様が話をして、幸子は正式に今年いっぱいで雨宮の家のお仕事を辞めることになりました。

専門学校の教頭先生から、一月度の募集で入校できると連絡があり、学生寮に入ることも許可が下りたのです。夜間部ですので、昼は別の仕事もできます。それを清美さんに伝えると、そういうことならと奥様に話してもらい、本人がそうしたいならとお許しいただいたのです。

あと一月半ほどです。辞めると決まったからといって、仕事の手を抜くわけにはいきません。今までよりもっともっと頑張って働こうと思いました。

今日も朝の食事の支度を済ませ、その後お風呂掃除をしました。昼過ぎに終わってしまい、やることがなくなってしまったので、今までもそうしていたように庭掃除をすることにしました。

ここのところ、毎日掃き掃除だけはしていたのですが、お庭には木がたくさんありますから、ひと晩で落ち葉が溜まってしまいます。一時間ほどかけてホウキで集めて、たき火にして燃やしました。なかなか大変です。

後片付けをしていると、花壇の花がぽつんと咲いているのが目に入りました。いつから咲いていたのかわかりませんが、さすがに花びらがくたびれてきています。

そろそろ頃合いかと思いました。とても美しいその花を、奥様にお見せしようと思っていたのです。元気なうちはかわいそうでしたが、このまま放っておけば枯れてしまうだけです。

それより、花瓶に活けてあげた方がよろしいでしょう。奥様はお花が大好きな方ですから、ご覧になれば、お喜びになるはずです。

手を伸ばして、茎をつかんで引き抜こうとしました。摘み取るのは簡単だと思っていましたが、花一輪とはいえ生きています。一生懸命根を生やしているので、なかなかうまく抜けません。

根っこのあたりに手を添えると、ようやくうまく抜けました。悲鳴のような音がしたのは、花の最後の叫びだったのでしょうか。

根はかなり深く広がっていて、花壇に穴が開いてしまいました。埋めてしまおうと思ったのですが、ずいぶん大きな空洞が続いています。

不思議に思って手で触れてみると、土がばらばらこぼれていきました。柔らかくなっているのです。

棒でつついてみると、土が崩れてその下から真っ白な骨が見えました。驚きのあまり、幸子は腰を抜かしてしまいました。

いったいどういうことなのでしょう。おそるおそる土をのけていくと、骨は一本だけでなく何本もありました。

どうすればいいのかわからず、そのまま立ち尽くしていると、鋭い叫び声が聞こえてきました。テラスから出てきた奥様が、長い髪をふり乱しながら幸子の前に駆けてきて、腕をつかみました。二階のお部屋から見ていたのでしょう。

「すぐ戻りなさい！」奥様がぐいぐい幸子の腕を引っ張りました。「戻りなさい！　戻るの！」

骨があります、と震える声で申し上げました。わかっていますとうなずいた奥様が、幸子をテラスのデッキチェアに座らせて、自分は向かいに腰を下ろしました。

しばらく無言でいた奥様が、あれはマロンなの、とぽつりとおっしゃいました。三年前、突然いなくなった旦那様の犬です。

「あの朝のこと、覚えてる？」

「……朝、幸子が起きてきた時には、もういなくなっていたように思います」

そうではなかった、と奥様が幸子の手を握りました。

「その前の夜遅く、寝付けなくて一階に降りたの。紅茶でも飲んで気分を落ち着かせようと思って……マロンがごそごそ動いていたのは見ました。でもね、お湯を沸かしている時、急に悲鳴が聞こえてきて、どうしたのかと思ったらぶるぶる震えて、そのまま……冷たくなっていたの」

「どういうことでしょう」

わからない、と奥様が首を振りました。

「後で調べてみたんだけど、誤飲といって、何か電池とかそんなものを飲んでしまったのかもしれない。小さい犬だったから、百円玉を飲み込んでもノドに詰まって死んでしまうこともあるそうよ。気をつけなければいけなかったんだけど」

「奥様、どうしてそれをおっしゃらなかったんです？」

慌ててしまって、と奥様がため息をつきました。

「どうして死んだのか、その時はわからなかった。今にして思えば、話せばよかったのだけど、その時は……マロンは主人があんなにかわいがっていたペットでしょう。何もしてあげられず、ただ見ていただけなのは本当で、責任があると思って……あなたの言う通り、正直に話せばよかったのだけど、どうしても話せなくて、夜中に花壇に埋めたの。申し訳ないことをしたと思ってる」

そうでしたか、と幸子はうなずきました。その時の奥様の気持ちは、何となくわかるような気がします。

旦那様はもちろんですが、マロンのことはお嬢様方も可愛がっていました。いきなり目の前で死んでしまったというのは、奥様にとってもショックだったに違いありません。

誰にも話せなかった、と奥様が涙をこぼしながらおっしゃいました。

「マロンが死んだとわかれば、主人も娘たちも傷つくでしょう。逃げてしまったことにした方がいいと思ったんだけど……間違っていたのかしら」

そんなことはないと思います。どうしようもなかったのでしょう。

このことは娘たちに言わないで、と念を押して奥様が二階に戻っていきました。もちろん誰にも喋ったりしません、と心の中でお約束しました。


神父様、先日家政婦協会に伺いました。月に一度、報告を兼ねて顔を見せに行くことになっていましたが、今回は協会を辞めるので、そのご挨拶も兼ねていました。

応接室で清美さんと話しました。いつもはとても朗らかな方ですけど、その日はぷりぷり怒っていました。新任の理事の方が、給料の見直しをすると会議でおっしゃったそうです。

天下ってきた人で、何もわかっちゃいないんだとずっと悪口を言っていました。清美さんの言い方がおかしくて、ついつい吹き出してしまいました。

「ああ、ごめんなさいね、つまらない愚痴を言っちゃって」清美さんも笑っていました。

「まったく、嫌なことばっかりの世の中ですよ。この前なんか、警察がここへ来たの」

「警察？」

「前にも一、二度来てるんだけどね。菅原っていったかな」

その刑事さんは菅原という方で、警視庁の捜査一課というところに所属しているそうです。どこかで聞き覚えがあるように思いましたが、思い違いかもしれません。

「何かあったんですか？」

「うちのことじゃなくて、あの子のこと。雪乃ちゃん」幸子の前に雨宮家で働いていた家政婦さんの名前をおっしゃいました。「行方を捜してるんだって」

「今頃になってですか？　もう三年以上前ですよね」

「あの子の実家に本人から手紙が来たんだとさ」清美さんがたるんだ頬をさすりました。

「北海道の農場で働いているとか、そんなことが書いてあったそうなんだけど」

「どこにいるのかわかったんですね。それを知らせに来てくれたんですか？」

警察がそんな優しいわけないだろ、と清美さんが鼻を鳴らしました。

「違うんだよ。その手紙を書いたのは雪乃ちゃんじゃないって菅原刑事は言ってた」

どういうことでしょう。意味がわかりません。本人から手紙が届いたというなら、それは雪乃さんが書いたのではないのでしょうか。

「幸ちゃん、筆跡鑑定って知ってる？　あたしも詳しいわけじゃないけど、言われてみれば刑事ドラマで見たような気がする。要するに、書いた字で本人かそうでないかわかるんだって」

筆跡鑑定なんて、幸子は聞いたことありません。どうすればそんなことができるのでしょう。

「雪乃ちゃんは実家にしょっちゅう手紙を書いていたし、ここにもあの子が書いた履歴書が残ってた。その字を比べたら、全然別人が書いたってわかったんだって」

「……どういうことでしょう」

鈍い子だね、と清美さんが幸子の頭を指でつつきました。

「誰かが雪乃ちゃんの名前を騙《かた》って手紙を書いたんだよ。北海道で元気に暮らしてるってね。だけど、住所を調べたら、そこに農場なんかないってこともわかった。雪乃ちゃんが生きてるように見せかけた誰かがいる。そうやって考えると、逆なんじゃないかって菅原刑事は言ってた」

「逆？」

死んでるんじゃないかってこと、と清美さんが小声で言いました。

「怖い話だよ。菅原っていうのはしつこそうな男だったから、もっといろいろ調べてるのかもしれない。犯罪の可能性が高いって言ってたっけ」

雪乃さんが死んでいる？　誰かが殺したということなのでしょうか。

「まあ、もううちとは関係ない話だからいいんだけど……そんなことより、あの理事だよ。本当に頭にくる。あたしも辞めてやろうかしら」

また悪口が始まりました。でも、雪乃さんのことで頭が一杯で、幸子の耳に清美さんの言葉は入ってきませんでした。


十二月に入り、すっかり冬めいてきました。気の早い家ではクリスマスの飾りを始めたりしています。

昨日、家庭教師に来られていた宗像先生が、終わった後に奥様とお話ししたいことがあるとおっしゃいました。約束しているということでしたので、奥様にお伝えすると、部屋から出てこられて子供部屋で話すことになりました。二人のお嬢様も一緒です。

「実は、家庭教師を辞めなければならなくなりました」

頭を下げた宗像先生に、昨日電話いただいた件ね、と奥様がうなずきました。

「ドイツへ行かれるんですって？」

「大学の交換留学生に選ばれました。短くても一年、長ければ二年以上です。ぼくも希望していましたし、名誉なことですから、受けようと思っています。今までお世話になりました」

「そんなことはいいのだけれど」奥様が二人のお嬢様の頭を撫でながら、困ったわね、とつぶやきました。「高校受験まであと二ヶ月ぐらいでしょう？　結花は二年生だからいいけど、梨花は……」

「先生、どうして？」梨花様が宗像先生に飛びつきました。「何で辞めるの？　辞めないで！」

ごめん、と先生が梨花様の肩にそっと手を置きました。結花様も目に涙を浮かべています。

あなたの立場はわかるつもりです、と奥様がおっしゃいました。

「わたしの祖父もそうでしたけど、医者を志す者なら、ドイツ留学は誰にとっても夢ですからね。引き留めるつもりはありませんけど、でもこの子たちのことが……」

困ったわ、と口をすぼめられました。梨花様が大声で泣いています。辞めないでと、そればかり繰り返していました。今すぐではありません、と宗像先生がおっしゃいました。

「準備もあるので、ドイツに行くのは一月の末になると思います。それまでは続けることもできます。梨花さんの受験は二月の中旬ですから、十分に勉強を教えられるでしょう。それでも不安だということでしたら、ぼくの後輩で優秀な者がいますから、彼に引き継いでも構いません。本人もやりたいと言っています」

それならいいかしら、と奥様がうなずきました。だいたいのことは電話でお話しされていたようでした。

「仕方がないわね、あなたにとってはチャンスだもの。留学した方がいいのはよくわかります」

わからない、と涙と鼻水で顔を汚した梨花様が手足を振り回して叫びました。

「先生じゃなきゃ嫌！　他の人に勉強なんか教わりたくない！　もう梨花何にもしない。全部止める！」

駄々っ子のように暴れ始めました。手がつけられません。結花様は手を握りしめているだけでしたが、同じ思いだとわかりました。

宗像先生でなければ、駄目だとお考えなのでしょう。梨花様のように気持ちを素直に吐き出せない分、伝わってくるものがありました。お姉さまのように何でも言えたらというのが結花様の口癖でしたが、こういう時は特にお辛いと思います。

ごめん、と宗像先生が頭を下げました。座り込んだまま、子供のように足を広げて泣いていた梨花様が、留学が終わったら戻ってきてくれるよねと叫んで、宗像先生の脚にしがみつきました。それはわからない、と屈み込んだ先生が梨花様の腕を外しました。

「長ければ二年と言ったけど、もしかしたらそのままドイツの大学院に行くことになるかもしれない。帰国する頃には、もう梨花ちゃんも結花ちゃんも大学生になっているだろう。家庭教師の必要はなくなってる」

違う、と梨花様が泣きながら、また宗像先生にしがみつきました。

「違うの！　先生にいてほしいの。約束したでしょ？　先生がパパのクリニックを継いで、梨花と一緒に働くって。約束したでしょ？」

約束はしてない、と先生が苦笑しました。ゆっくり体を起こした梨花様が、凄まじい叫び声を上げながら、部屋を飛び出していきました。

「本当に、あの子はわがままばかり」奥様が大きなため息をつきました。「後で言い聞かせておきますから、心配しないで結構です。それじゃ、あなたの後輩の方を一度連れてきてもらえるかしら。会ってみないと、お願いしますとは言えませんから」

もちろんですとうなずいた宗像先生と、いつにするか相談を始めました。結花様が溢れる涙をそっと拭っておられました。

その後も宗像先生は家庭教師のため、雨宮家を訪れていました。週三日のお約束ですから、一日おきにいらっしゃるようなものです。

でも、勉強にはならないようでした。梨花様は泣いてばかりですし、結花様も何も手につかないご様子です。

梨花様はご自分にできる限りの手段を使って、先生を引き留めました。泣いたり、せがんだり、抱きついたまま離れなかったり、土下座せんばかりのご様子だったこともありました。結花様は感情を表に出すのがお上手ではないので、言葉数こそ多くありませんが、宗像先生がいなくなってしまったらどうしていいかわからないのは、梨花様と同じようでした。

宗像先生はあまりお話しにならず、ただお二人の頭を撫でているばかりでした。梨花様があまりに激しく泣かれるために、うかつなぐさめの言葉はかえってよくないと思っていたようです。

一度などは、二時間近く梨花様の手を握っていたこともありました。結花様は黙って見ているだけでした。

年の瀬、久しぶりに宗像先生と外でお会いしました。今までお世話になりましたと申し上げると、こちらこそ、と先生が照れたように笑いました。

「ぼくの方こそ、幸ちゃんにはずいぶん助けてもらった。いろいろ話を聞いてくれて、本当に救われたよ」

おっしゃっているのは千尋さんのことです。先生がしきりに残念がっていたのは、千尋さんを見つけられないまま、留学しなければならないということでした。あれからもずっと調べていたんだ、と先生がおっしゃいました。

「一月十四日の午後六時頃、ピアノを教えに行った家を出て、翌日広尾の商店街を歩いているのを見た人がいるけど、その後行方がわからなくなったって言っただろう？　つい最近になって、十四日の夜、彼女のアパートに知らない女が入っていくのを見たという人から話を聞くことができた」

「女の人？」

そうなんだ、と宗像先生がコーヒーカップを持ち上げました。

「目撃したのはセールスの人で、薬の訪問販売をしていた。あのアパートには何度か行って、住人と話している。その女のことは見たことがないと言っていた」

「前に、三十代か四十代の女性が千尋さんの部屋を窺っていたとおっしゃってましたよね？　声を聞いた人もいるとか……同じ人でしょうか」

わからない、と先生がおっしゃいました。

「でも、それでは……」

　薬売りが見たという女の人が、千尋さんの部屋へ行ったかどうかはわかりません。住んでいなくても住人の知り合いだったり、家族ということもあるでしょう。それだけでは何とも言えないのではないかと思いますと申し上げると、確かにそうなんだ、と先生がうなずきました。

「ただ、もうひとつあってね……彼女の高校時代の友人と連絡が取れて、いろいろ聞くことができた。親しくしていた友人で、あの頃結婚することになっていた。結婚式は二月で、一月十日に式の出席確認の電話をしたと言ってる。日付についてははっきり記憶していた」

「それで？」

「何日か後に雨宮家へ行くと、彼女は話していたそうだ。世話になった挨拶をしなければならないとか、そんなことなんだろう」先生が深く息を吐きました。「結局、十五日から行方がわからなくなってしまったんだろう？　結婚式に出てくれなかったので、かなり困ったらしい。その後、ご主人の仕事の関係で福岡に行ってしまって、それきりになっていた。東京に戻ってきたのは先月のことだ。それでぼくも話すことができたんだけど」

　そういえば、幸子も思い出しました。あれは年が明けて十日ほど経った頃だと思いますが、千尋さんが雨宮の家を訪ねてきたことがありました。

あの時、奥様にご挨拶をされていました。長い間お世話になりましたとか、そんな話をされていたと思います。お友達に話したのは、そのことなのでしょうか。

でも、お友達が結婚式の出席を確認するための電話をした日は一月十日だったそうです。何日か後に雨宮家に行くと話したそうですが、それはおかしくないでしょうか。だって十日頃に千尋さんはいらしているのです。

正確な日付を覚えていないので、絶対とは言い切れませんが、何となく変な感じがしました。十日にいらしてから、お友達に話されたのだとしたら、何日か後というのは十日以降になると思います。

「その後、雨宮の家に……もう一度千尋さんはいらしたのでしょうか」

幸子は覚えがありません。三年近く前のことですが、お会いしていたら忘れるはずがないのです。

「奥さんには確認した。来なかったということだ」どうなんだろう、と先生が長くなっていた煙草の灰を灰皿に落としました。「ぼくはね、ちょっと……考えてることがあるんだ」

「何でしょう」

「その友人の話が本当だとしたら、千尋さんは雨宮家を訪れるつもりだったんだろう。いつとはっきり決めてなかったのかもしれないが、一月十日から一週間以内だったんじゃないか。

何日か後に雨宮家に行くつもりだと話していたんだからね」

「おっしゃることはわかります。そうかもしれません」

「十四日まで、彼女はいろんな家でピアノを教えていた。どこで何をしていたか、だいたいのことはわかってる。その間、雨宮家を訪れてはいない。十五日は成人式で祝日だったから、彼女は休みだ。時間があった。雨宮家を訪れたのは、十五日だったんじゃないかな?」

そうでしょうか。仮にそうだったとして、あの日幸子は旦那様と奥様と朝から外出していたので、千尋さんがいらしたかどうかはわかりません。

ぼくは十五日に彼女が雨宮家へ行ったと思うんだ、と宗像先生が深く息を吸いながらおっしゃいました。

「幸ちゃんは来たことに気づかなかったのかもしれない。でも、奥さんかご主人とは会ったんじゃないか。その後彼女は姿を消している。見た者はいない。どう思う?」

先生が幸子をじっと見つめています。わかりません、と震える声で答えました。

思い出したことがありました。この前見つけてしまったマロンの骨です。

花壇に埋まっていたのは、間違いなくマロンの骨でした。細く、小さかったことからも、それは確かです。

骨にはマロンの白い毛もついていました。奥様があそこにマロンを埋めたのは本当なのでしょう。

でも、その下にもっと太い、大きな骨があったような気がします。はっきり見たわけではありませんが、小型犬のマロンにしてはずいぶんと長かったように思います。あれはすべてマロンの骨だったのでしょうか。もしかしたら——。

口を開きかけた宗像先生に、用事を思い出しましたと言って席を立ちました。気分が悪くなって、喫茶店を飛び出し、その後どうやって帰ったのか、何も覚えていません。

四章　冬

年が明けました。雨宮の家ではお正月だからといって、特別なことは何もしません。静かな時間が過ぎていきました。

年内までのお約束だったのですが、後任が見つからないので、もうしばらく働いてほしいと清美さんから頼まれました。仕方がありません。専門学校に通うのは少し先延ばしにして、新しい家政婦が見つかるまでという約束で、仕事を続けることにしました。

梨花様と結花様は元気がありません。学校がつまらないとかではなく、宗像先生がお辞めになったからです。先生の紹介で新しい家庭教師の方がいらしているのですが、あまりお気に召さないようでした。

宗像先生から幸子に電話があったのは、一月二十日の夜でした。今まで先生から電話をいただいたことはありません。どうしたのですかと聞くと、わかったことがあったと息を切らしながらおっしゃいました。

「彼女にはやっぱり別の男がいたんだ」公衆電話からなのでしょう、車のクラクションが聞こえました。「彼女はその男から金銭的な援助を受けていたそうだ。愛人契約を結んでいたんだ」

「まさか、そんな……」

間違いない、と先生の声が大きくなりました。

「もちろん、そんなこと許されるわけがない。金で体を売るも同然だ。罪の意識があったんだろう。誰にも言えないまま苦しんでいたが、一人だけ親友の美沙子《みさこ》さんに告白したそうだ。誰にも言わないと約束をしてたから、今日まで話せなかったと……」

美沙子さんという方の名前は、幸子も聞いたことがありました。音大の時のお友達で、一番の親友だとおっしゃっていました。

「ぼくがドイツ留学することになったので、話すことにしたと言ってた。不倫だったそうだ。相手はピアノを教えている子供の父親だというところまでは話したそうだが、名前は言わなかった」

本当なのでしょうか。あんなに純真な心をお持ちの千尋さんが、そんな汚れたことをなさっていたなんて、信じられません。

「幸ちゃんに電話したのは、彼女がピアノを教えていた家のことを聞きたかったからなん

だ」宗像先生が早口でおっしゃいました。「あの頃、彼女は十軒の家を回って子供にピアノ
を教えていた。だけど、その前に教えていて、辞めた家もある。金を渡していた男が、十軒
の家の父親とは限らない。以前はどこに行ってたか、幸ちゃんが知ってる家はあるかな」
聞いたことがあったように思いますが、すぐには思い出せません。でも、ご近所だったの
は確かです。聞いて回れば、何軒かはわかるかもしれません。最悪だよ、と先生が吐き捨て
ました。
「ぼくと交際していながら、金目当てで別の男ともつきあっていたんだ。彼女のことを怒っ
てるんじゃない。金の力で彼女の体を買った男に怒ってるんだ」
「落ち着いてください。まだはっきりとしたことは何も……」
「はっきりしてるさ。間違いなく彼女は自分を売っていた。今さら責めるつもりはない。ど
うしようもない事情があったんだろう」
先生の声が低くなりました。アナウンスのような声が聞こえましたから、駅の近くなのか
もしれません。
「後悔していると言っていたという。それも本当なんだろう。そんなことは止めなければい
けないと考えていたんだ。それを相手に伝えたんじゃないか。その後どうなったかはわから
ないが、男が彼女に執着していたとしたら、きれいに別れることはできなかっただろう。言

いか？」

い争いになって、手が出てしまった……それで彼女を死なせてしまった。そうは考えられな

頭の奥に鋭い痛みが広がっています。先生、それ以上おっしゃらないでください。幸子は怖い。怖いのです。何も聞きたくありません。

「彼女が姿を消したのは、そういう理由があったからだ。殺されたのではないかもしれない。事故死だったということもありうるが、どちらにしてもその男の責任だ。許しておくわけにはいかない」

「先生……」

「それとも、彼女は自分を責めて自殺したのか」

激しい音がしました。先生が公衆電話ボックスのガラスを叩いているのです。

「だが、いずれにしても背中を押したのはその男だ。ぼくは絶対に許さない」

急に静かになりました。受話器を耳に押しあてると、宗像先生が泣いているのがわかりました。

「先生、とにかく幸子もご近所の方に聞いてみます。千尋さんがピアノを教えていた家をご存じないかと……わかったら、すぐお知らせします」

頼んだよ、と先生がおっしゃいました。その時、何か変な音がしました。先生と呼びかけ

ましたが、頼んだからねともう一度言って電話をお切りになりました。

明日の昼にでも、ご近所を回ってみようと思いましたが、結局それはできませんでした。翌朝早く、奥様に電話があったからです。

大学の医学部で宗像先生を教えていらっしゃる、有村《ありむら》教授というお方でした。話を聞いていた奥様の顔がみるみるうちに曇り、まさかそんなこと、というつぶやきが漏れました。

「宗像先生のアパートが火事ですって？　いえ、聞いてません。いったいどういうことです？」

幸子は拭いていたお皿を取り落としてしまいました。割れた皿の破片が散らばりましたが、それどころではありません。

奥様に駆け寄り、何があったのですかと伺いました。待ちなさいと手を振った奥様が、受話器を耳に当てたまま、何度もくぐもった声を上げておられました。

宗像先生のアパートが火事になったというニュースは、その日のお昼にテレビでも流れていました。たまたまお使いに出ていた先の電器屋さんで見たのです。

映っていたのはよくある木造のアパートで、テレビの画面で見る限り、全焼してしまったようでした。煙がたちこめる中、何人もの消防士が走り回っていました。

宗像先生が三、四年前からそこに住んでおられたことは、伺っていました。大家さんがとても親切で、住人に作った料理をおすそ分けしてくれたり、家賃を滞納してもあまりうるさく言わないこともあって、大学を変わっても住み続けておられたのです。

大学生専用ということではないのですが、家賃の安さなどから、十戸ほどある部屋に住んでいたのは全員大学生だったとアナウンサーが言っていました。

有村教授が電話をかけてきたのは、大家さんからの連絡を受けてのことでした。教授は宗像先生がアパートの契約を更新した時、保証人になっておられたそうです。

火事でアパートが全焼し、大家さんは住んでいた人たちの安否を気遣っておられたのですが、宗像先生を含めた何人かの行方がわからなくなっていました。それで大家さんは有村教授に連絡を入れていたのです。

知っている限りの知人友人、雨宮の家はもちろんですがアルバイト先まで、有村教授は連絡を取っていたと後で奥様から伺いました。教授は宗像先生のことを心配しておられたのです。

でも、朝の八時です。こんな時間に宗像先生がいらっしゃるはずもありません。家には来ていませんと奥様がお答えになると、友人のところにも行っていないようですと有村教授は暗い声でおっしゃったそうです。最悪の事態も予想されるという意味なのは、すぐわかりました。

宗像先生の遺体が発見されたという連絡があったのは、昼過ぎのことでした。やはり有村教授からで、焼け跡から七、八人ほどの焼死体が出てきたそうですが、その一人が宗像先生だったのです。

後になってわかったことですが、見つかった死体は八体で、アパートに住んでいた六人と、遊びに来ていた二人の人が巻き込まれて犠牲になったということでした。

住人が誤って煙草の火でも落としたのか、それともガスコンロから出火したのか、火災の原因はまだわからないと新聞に記事が載っていました。消防は放火の可能性も視野に入れているということでした。

焼け死んだのは全員大学生だったそうです。中には昨年入学したばかりの一年生もおられたということで、ひどい話だと思いました。誰かが煙草を吸いながら眠ってしまったということなのでしょうか。

でも、一番おかわいそうなのは宗像先生かもしれません。先生はドイツへの留学を目前に亡くなられたのです。これからだというのに、惨いことです。さぞかし無念だったでしょう。

お昼の電話で、数日後に葬儀があると有村教授が最後におっしゃいました。お話しになった奥様は、教授もひどく残念そうだったと教えてくれました。前途有望な学生を失って悔しい、とおっしゃったそうです。宗像先生は優秀な方でしたから、教授がそうおっしゃるのは当然だと思います。

三日後、大学近くにある千駄ヶ谷の泉浄寺というお寺で葬儀が営まれました。奥様と二人のお嬢様、そして幸子も参列させていただきました。

奥様と幸子はまだしも、梨花様はずっと泣き通しでした。お焼香の時には気を失って倒れてしまったほどです。おかわいそうでなりませんでした。

結花様は無表情でしたが、悲しかったでしょう。慕っておられた先生が亡くなられたお気持ちは、察するに余りあります。

結花様はその後もずっと梨花様を慰めておられましたが、本当は自分も梨花様のように大声で泣きたかったでしょう。お姉様のようになりたいと口癖のようにおっしゃっていましたが、今日はその思いが一層強かったことと思います。

アパートで亡くなった方の中に、同じ大学の学生さんがあと二人いらして、同じ場所で弔われていました。お焼香を済ませて外に出ようとすると、立ち上がった初老の女性が丁重に頭をお下げになっていました。宗像先生のお母様でした。

先生はまめに実家に手紙を書いていたそうです。その中に、雨宮家で家庭教師をしていることも書いておられたのです。

大変お世話になりました、と腰を屈めてお母様が何度も頭を下げました。地方に住んでいる方ですから、悲しみに暮れていても、礼は欠かさないということなのでしょう。

奥様と少しの間立ち話をしておられました。消防や警察の調べで、住人が共同で使っている台所のガス給湯器から出火していたことがわかったそうです。

最後に使った誰かが、火が消えたことを確認しないまま部屋に戻ってしまい、漏れていたガスに何かが引火して火事になったということでした。そういう事故は少なくないそうです。

仕方ないことだと思っております、と肩を落としながらお母様がおっしゃいました。

「誰のせいとか、そんなことを言っても仕方ありませんから。ただ、あの子が哀れで……焼け死ぬ時は熱かっただろう、さぞかし悔しかったろうと……」

後は涙で何をおっしゃっているのかわかりませんでした。奥様が肩を抱くようにして慰めておられました。


神父様、宗像先生が亡くなられて一週間が経ちました。初七日供養ということではないのですが、どうしても先生のことを考えてしまいます。

今朝、新宿の伊勢丹に行く用事があり、その帰りにお花を買って先生のアパートへ行きました。何もありません。焼け跡しか残っていませんでした。

買ってきた花を手向《たむ》けて、先生のご冥福をお祈りしました。他にもお花やお水、お酒、お菓子などが置かれていました。線香の匂いも漂っていました。

あっさりしたもので、焼け残った玄関先を除いて、他はきれいに片付けられていました。

一週間前の火事ですけど、辺りにはまだ焦げくさいような臭いが残っている気がしました。

それほど大きな建物ではなかったようです。聞いたところでは、二階建てで各階に五つずつ部屋があったということでした。

その日の新聞に小さく載っていたのですが、給湯器メーカーの担当者が、アパートの火事の原因について自社の責任ではないと会見をしたそうです。給湯器には安全装置がついていて、スイッチを切り忘れていたとしても、ガスが漏れない構造になっているということでした。

本当かどうか、幸子にはわかりません。仮に事実だとしても、消防の発表では漏れていたガスに何らかの火が引火したのは間違いないということでした。給湯器のゴムホースが劣化していた可能性もあるが、いずれにしてもメーカーの責任と考えられるという話が載っていました。

幸子が気になったのは、いったい何の火が引火したのかということです。一番ありそうなのは、煙草の火です。

新聞にもそんなことが書いてありましたし、住んでいた方は皆さん大学生なのですから、喫煙の習慣があった人もいたでしょう。宗像先生も煙草を吸われていました。

でも、本当に住人の火の不始末が原因だったのかどうか、それははっきりしていないそうです。火災が起きた日のニュースでは、放火の可能性もあるということでしたが、もしかしたらそうなのかもしれません。では、誰が放火したのでしょう。

住んでいるのは大学生だけでした。どこから見ても高級アパートとは思えません。よくある造りの安アパートです。そんなところに火をつけて、何の得があるというのでしょう。

面白半分の愉快犯か、もしくは住人に恨みを持つ者ぐらいしか考えられませんが、住んでいたのは大学生です。ケンカしたり、仲違いしたことはあったかもしれませんが、だからといって火をつけたりするでしょうか。

放火だとしたら、と焼け跡を見つめながら考えました。どうしても火をつけなければならない理由があった人物が犯人ということになります。

狙っていたのは一人だけなのかもしれませんが、他の住人が焼け死んでも仕方ないと考えていた人。人間の心を失ってしまった誰かです。でも、そんな人がいるのでしょうか。

風が強く吹き、幸子が供えたお花が飛んでいってしまいました。でも、その場を離れることはできませんでした。

その日の夜、夕食を作ってから、頭が痛いので先に下がらせていただけないでしょうかとお願いしました。優しく微笑んだ奥様が、構わないからゆっくり休みなさいとおっしゃいました。

部屋に戻り、布団に横になりました。頭が痛いというのは嘘です。机上のスタンドを豆球ひとつだけつけて、じっとしていました。

少し寝た方がいいと思っていたのですが、目が冴えて眠れません。長い長い時間、待ち続けるうちに、ようやく一階の掛け時計が二度鳴りました。深夜二時、決めていた時間です。起き上がり、着替えてから部屋を出ました。真っ暗ですが、明かりをつけるわけにはいきません。手探りで階段を降り、音がしないように玄関の鍵を開けました。冷たい空気を吸い込みながら、庭に回りました。

雲が切れて、月が辺りを照らしています。昼間のうちに物置に置いておいたスコップを取って、ゆっくりと歩いていきました。

向かっていたのは花壇です。庭の奥にある奥様の花壇。

ずっと考えていました。千尋さんが宗像先生とおつきあいしていたのは本当です。お二人とも、幸子にだけ話してくれました。間違いなく、お二人は愛し合っていたのです。

でも、千尋さんが悩みを抱えていたことも確かでした。あの頃、考え込んだりため息をついたり、幸子の話を聞いてなかったり、そんなことがしょっちゅうあったのです。

　ぼんやりとですけど、宗像先生と何かあったのか、それとも実家のことで悩んでいるのだろうかと想像していたのですが、よく考えてみるとそれなら千尋さんも幸子に話してくれたのではないでしょうか。

　愚痴をこぼすなり、何か言ってくれてもよかったと思います。あの頃、幸子と千尋さんはとても仲が良かったのです。

　千尋さんは話せなかったのでしょう。話したかったけれど、どうしても幸子には話せなかった。なぜなら、幸子もよく知っている人のことで、千尋さんは悩んでいたからです。

　宗像先生はこうおっしゃっていました。千尋さんには自分以外に交際している男性がいる。それはピアノを教えていた子供の父親だと。

　裕福な方だったのでしょう。千尋さんが持っていたバッグや化粧品、アクセサリーや服などが高価なブランド品だったことからも、間違いありません。

　宗像先生がプレゼントしたわけではないのですから、その男性からもらったのでしょう。お金がある方なのです。

　そして、ある程度時間が自由になり、白い車に乗っている方です。車は幸子も見ていました。遠目だったのでよくわかりませんでしたが、白い車だったのは覚えています。

あの頃、千尋さんは十軒ほどの家に通ってピアノを教えていました。広尾辺りに家を持ち、子供にピアノの先生をつけることができるのですから、親は裕福と言っていいでしょう。

でも、時間を自由に使えて、白い車に乗っていた方といえば、思い当たるのは一人だけです。つまり、旦那様です。

旦那様はとてもハンサムで、優しくて楽しい方でした。悪い人だなどと言うつもりはありません。でも、いろいろな意味でだらしのない性格だったように思います。

幸子がこの家にお世話になっている間、旦那様が朝なかなか起きてこないことが多かったのは、神父様への手紙にも書いたことがあると思います。お医者様というのはそんなものなのだろうと思っていましたが、よく考えるとありえないことです。患者さんを待たせていいはずがありません。

子供が学校に行きたくないとぐずるように、旦那様はお仕事に行くのを嫌がっていました。働くのがお嫌いだったのでしょう。

クリニックの経営がうまくいっていないのは、幸子も聞いていました。ずいぶん困っていたようですが、だからどうしようとか、そういうことはお考えにならない方でした。

人任せにして、経理を担当していた人にお金を持ち逃げされたということでしたが、それも旦那様に責任があるのではないでしょうか。何もせず、手をこまねいて見ていただけだったのだと思います。

そして、だらしなかったのは、お金だけではありません。女性に対してもです。もしかしたら、そちらの方がひどかったのかもしれません。おそらく、旦那様はクリニックの看護婦さんにも手をつけていたのでしょう。

何人もの看護婦さんがクリニックを辞めていったということですが、それも旦那様の女癖が悪かったからなのではないでしょうか。もっと言えば、働いていた方たちが旦那様を見放すようになったのは、そういう人だとわかって失望したからなのかもしれません。

幸子にも思い当たることがあります。一度だけですが、悲しそうにしていた旦那様を慰めたことがありました。

幸子はいろんな悩みや苦しみを抱えておられる旦那様がかわいそうで、手を握っているだけのつもりだったのですが、あの時旦那様は幸子の胸に顔を押し当てて、うっすらと笑っていたのです。

奥様がいらしたので、それだけで済みましたけど、あのままにしていたらどうなったかわかりません。旦那様は幸子に何をするつもりだったのでしょうか。

幸子は高校を出たばかりで、初めての東京で、何を見ても何を聞いても、そういうものなのだろうと自分に言い聞かせていました。旦那様も、そんな幸子を子供すぎると思ったのでしょう。それ以上何かされたことはありません。

　でも、千尋さんに対してはどうだったのでしょうか。ああ、まさか、まさかとは思いますが、幸子の前にこの家で働いていた雪乃さんも、旦那様に恥ずかしいことをされたのでしょうか。断りきれないまま、関係を持ってしまったのでしょうか。

　考えたくありませんが、そうだったのだろうと思いました。旦那様はクリニックの看護婦さんたち、雪乃さんや千尋さんたちと、次々に男女の関係になっていったのです。

　旦那様は結婚していらっしゃいますから、それは不倫です。許されないことです。それに耐えられず、看護婦さんたちはクリニックを、雪乃さんは家政婦を辞めたのではないでしょうか。

　そして、千尋さんはどうなったのでしょう。やはりお辞めになったということなのでしょうか。

　そうとは思えません。あまりにも突然、千尋さんは姿を消しました。幸子にはもちろん、宗像先生にも何も言わずにです。

　お友達や知り合いにもひと言の断りもなしにいなくなってしまいました。実家にも帰っていません。おかしな話です。そんなこと考えられません。

　看護婦さんたちや雪乃さん、あるいは前に勤めていた家政婦のことは、幸子も直接知っているわけではないので、想像だけで言うのはどうかと思いますが、千尋さんのことはよく知っているつもりです。

真面目な性格の方でした。辞めるなら、周囲の人たちに伝えてお辞めになるはずです。では、千尋さんはどこへ行ってしまったのでしょう。

スコップを花壇に突き刺しました。地面に霜が降りていて、土は半分凍っていましたが、構わず掘り起こしました。雲が月にかかり、辺りが真っ暗になりました。聞こえるのはスコップが土に当たる音だけです。

何があったのかわかりません。すべては想像です。自分でもどうしてこんなことをしているのかわかりませんでしたが、手が勝手に動いていました。

千尋さんは宗像先生とおつきあいしながら、旦那様と秘密の関係を持つようになっていたのでしょう。理由のひとつはお金だったのかもしれません。

千尋さんはもう一度ピアノの勉強をしたいと望んでいましたが、大学に入り直すにしても海外へ留学するにしても、お金がかかります。ピアノの家庭教師だけでは、とても無理です。おじいさまが借金をしていたそうですから、それも関係あったのかもしれません。

旦那様が援助を申し出れば、それに頼ってしまうようになったのはどうしようもないことだったのでしょう。お金の代償とまでは言いませんが、だんだんと心を許してしまうようになったのかもしれません。

間違っていると、わかっておられたでしょう。宗像先生に対する裏切りですし、奥様やお嬢様方のことを考えれば、人の途に外れた行為なのは言うまでもありません。

どれぐらいそういう関係を続けていたのかわかりませんが、ずるずると続けてはいけないと考えたのでしょう。お嬢様方にピアノを教えるのを辞めると伝え、もう雨宮家に近づかない、旦那様と別れる、そうおっしゃったのではないでしょうか。

別れ話を切り出された旦那様がどう思ったか、それは幸子にもわかりません。ただ、あっさり諦めたとも思えません。

宗像先生の話によれば、千尋さんが持っていた高価な服やアクセサリーなどは、相当な数だったようです。それ以外にもお小遣いなどを渡していたとすれば、かなりの額を貢いだことになります。

旦那様はクリニックの経営がおもわしくなく、お金に困っておられたはずです。約束していた専門学校の学費が払えないかもしれないと、幸子も言われたことがありました。

その苦しい中から、お金を捻出して渡していたのです。いきなり別れてほしいと言われて、納得できたでしょうか。

円満に話が収まったとは思えません。愛情もあったはずです。口論になってしまったかもしれません。

その時、思わず手を出してしまったとしたら？　殴ってしまい、倒れた千尋さんが何かに頭をぶつけて、死んでしまったとしたら？

それとも、階段から突き落とされて死んでしまった？　あるいは、もっと恐ろしいことですが、旦那様は最初から殺すつもりだったのかもしれません。

何があったのか、今となっては幸子にもわかりません。事故だったのかもしれませんし、殺意があったのかもしれませんが、いずれにしても旦那様が千尋さんを死に追いやってしまったと考えてもおかしくないのではないでしょうか。

掘り起こした土が飛んで、顔に当たりました。風で雲が流れ、月の光が辺りを照らしています。急に寒くなって、手が痛いほど痺れていましたが、それでも掘り続けました。

千尋さんが旦那様に別れを切り出したのは、どこでだったのでしょう。二人が密会していたのは、雨宮の家でも千尋さんのアパートでもなかったと思います。外で会えば、誰が見ているかわかりません。

でも、別れ話をするのにホテルというわけにもいきません。この家で話すしかなかったでしょう。

奥様やお嬢様方、そして幸子がいない時間を見計らって、この家を訪れたのだと思います。

そして別れたいと訴えた千尋さんを、旦那様は死なせてしまった。その時は誰もいませんでしたが、いつ誰が帰ってくるかわかりません。旦那様は焦ったでしょう。

とにかく千尋さんの死体を隠さなければなりません。旦那様は車をお持ちでしたから、千尋さんの死体をどこかへ運んで捨てることもできたはずです。

でも、広尾です。海も山も、近くにはないのです。家の前には川が流れていますが、まさかそこに捨てるわけにもいかないでしょう。捨ててもすぐに見つかってしまいます。

旦那様もそんなことはわかっていたでしょう。では、どうしたらいいのか。どうすれば確実に千尋さんの死体を隠すことができるか。

答えはひとつです。この家の庭です。

雨宮家の敷地は広く、隣近所の家からも離れています。旦那様が庭を掘っていても、誰も見ていないでしょうし、見ていた者がいたとしても、庭仕事をしているんだろうぐらいにしか思いません。

では、この広い庭のどこに埋めたのでしょう。庭には芝が敷きつめられていますから、その一部分を掘れば奥様にもわかってしまうでしょう。訪ねてきた人が妙に思うかもしれません。実際、あの後警察もこの家に来ているのです。

怪しく思われないのは一ヶ所だけ、つまり奥様の花壇です。土が柔らかいですから、掘るのも簡単だったでしょう。

ご家族が帰ってこられる前に、急いで埋めなければなりません。冷たい手で心臓をつかまれるような思いで、旦那様は花壇を掘り、千尋さんの死体を埋めたのではないでしょうか。

強い風が吹き始めてまた月に雲がかかり、辺りが闇になりました。その時、幸子は心から恐ろしいと思いました。

もしかしたら、千尋さんだけではないのかもしれません。雪乃さんも、この花壇に埋まっているのではないでしょうか。

スコップを握る手が痺れ、体が小刻みに震え始めました。そんなこと、あっていいはずがありません。

でも、確かめないではいられませんでした。何かにとりつかれたように、白い息を吐きながらスコップをふるって、土を掘り続けました。

しばらくすると、スコップの刃先が何かに当たる音がしました。それが何なのかはわかっていました。マロンの骨です。前に花壇できれいな花をつもうとした時も、それはありました。

一瞬雲が切れて、月明かりが庭を照らしました。白く、小さな骨。陶器のように美しかったですけど、でもそれは間違いなく骨でした。

幸子が捜していたのは、その下にある別のものです。マロンのような小さい骨ではなく、もっと大きな何か。

また月に雲がかかり、辺りが真っ暗になりました。幸子は顔を伝う汗を拭って、スコップを握り直しました。もっと深く掘らなければなりません。

暗闇の中、スコップをふるい続けました。どれぐらいの時間そうしていたのか、自分でもわかりません。

汗と涙で顔が汚れていましたが、手を止めることはできませんでした。怖くて怖くて、体が震えていました。でも、確かめないではいられないのです。

急に土が柔らかくなったような感触がありました。どうしてなのかはわかりません。それなのに、スコップが動かなくなりました。何かに当たっているのです。

ゆっくり手を伸ばしました。触れたのは冷たい何かです。鉛のような金属のような、表面がすべすべしている何か。

犬の骨でないことは確かでした。マロンの大きさはわかっています。あんな小さな犬に、こんな大きな骨があるはずないのです。

真っ暗な中、雲が切れるのを待ちました。触れただけではわかりません。プラスチックか何かの固まりなのかもしれない。そうだったら、どんなにいいでしょう。薄い月明かりが庭に注ぎ始めました。雲が切れかけています。もう少し、もう少し。幸子の手から、その何かがこぼれ落ちました。肩に手が置かれたからです。悲鳴を上げることもできないまま、ゆっくりと振り返りました。

雲が切れて、月の光が庭を満たしています。微笑を浮かべた奥様が立っておられました。それはそれは、美しいお顔をされていました。

手を引かれるまま、リビングに入りました。幸子を座らせた奥様が、ガスコンロに火をつけて、お湯を沸かし始めました。

「――何もしてほしくなかった」

ケトルが鳴る直前に火を止めた奥様が、紅茶を淹れています。いい香りがリビングに漂いました。

奥様の顔は真っ白で、表情も何もありません。手だけが動いています。そのままカップをテーブルに置いて、向かい側に腰を下ろしました。

「余計なことをしてほしくなかった」

ふた口ほど紅茶を飲んだ奥様が、ぽつりとおっしゃいました。目の前に湯気の立ったティーカップがあります。幸子は手をつけられませんでした。

「……あの時の電話を、聞いていらっしゃったのですね？」

黙っているのが怖くて、そう申し上げました。火事の前日の夜、宗像先生からかかってきた電話。

切れる寸前に、かすかな金属音が聞こえました。あれは親子電話を切った音だったのです。

「奥様は……宗像先生と幸子の話を、盗み聞きしておられたのですね」

人聞きの悪い、と奥様が眉をひそめました。

「何を言ってるの。そんなことはしていません」

それは嘘です。幸子にはわかっています。だったら、何もしてほしくなかったというのはどういう意味でしょう。

「マロンのことです」奥様が落ち着いた声で言いました。「あの子を死なせたのはわたしです。その話はしたでしょう？　かわいそうなことをした、申し訳ないことをしたと思っています。だから丁重に弔い、あそこに埋めました。安らかに眠っているあの子を起こす必要はありません。そうでしょう？」

「奥様……」

「しかもこんな真夜中に……それでは墓荒らしです。娘たちに気づかれたらどうするつもりだったの？　何と説明する気？　あの子たちはマロンが死んだことを知らないのよ。死んだとわかれば傷つきます」

奥様の声はとても静かで、落ち着いていました。

叱られるのならまだいいのです。そうではなくて、表情のないまま言葉だけを口にする奥様が怖くて、どうしていいかわかりませんでした。

「マロンのことではありません」恐怖から逃れるために、幸子は大声で申し上げました。

「マロンが死んでしまったのはとても悲しいですけど、どこの家でも、死んだ犬を庭に埋めるのはよくあることだと思います。そうではなくて、幸子が言っているのはマロンの下に埋められていた人間の骨です」

「人間の骨？」

奥様が首を傾げました。そんなことではごまかされません。幸子にはすべてわかっているのです。

「マロンの死体を埋めたのは、その下にある人間の骨を隠すためなのですね？　千尋さんの骨を――」

「何を言ってるの？」ティーカップを持ち上げた奥様の顔に、微笑が浮かんでいました。

「いったい何の話？」

リビングは暖房が利いていて、とても暖かかったですけれど、幸子は震えていました。両肩を抱くようにしても、震えは止まりませんでした。

宗像先生、先生が考えていたことは、半分正しく、半分は間違っていました。先生は千尋さんが殺されていたのではないかと疑っておられました。

それは当たっています。千尋さんは殺され、庭に埋められていました。

でも、殺したのは不倫相手の旦那様ではありません。別れ話のもつれとか、そういうことではなかったのです。殺したのは奥様なのです。

四年近く前、雨宮の家を初めて訪れた時のことを思い出しました。一等地である広尾の大きな一軒家。そこに住まわれているご夫婦。ご挨拶させていただいた奥様は、本当にお美しく、幸せそうでした。

誰が見てもそう思ったでしょう。クリニックを経営するハンサムなご主人、可愛らしく賢い二人のお嬢様。広いお庭、高級な外国製の家具、最新式のキッチン、美しく輝く外車、きれいに整頓されたお部屋。

何もかもが揃っていました。愛に満ちた家族です。幸せでないはずがありません。

でも、それは見せかけでした。今となってみると、それがよくわかります。少なくとも、ご夫婦の間に愛はなかったのです。

　幸子は旦那様と奥様は愛し合っておられるのだと思い込んでいました。それは奥様が演じておられたからだとわかりました。幸子だけではなく、ご近所の奥様方に対しても同じです。奥様にはそうしなければならない理由があったのです。

　前に清美さんから聞いたことがあります。奥様はおじいさまが愛人に産ませた子です。決して恵まれた生まれではありません。

　奥様には劣等感があったと、幸子にはわかります。田舎で育った者には、東京への憧れがあるのです。田舎を出て東京で暮らすだけではなく、誰よりも幸せな生活を送りたいと強く願っておられたことでしょう。

　奥様は広尾の大きな家に住み、可愛らしい双子のお嬢様を産み、お育てになりました。どんなに周りから羨ましがられたでしょう。愛人の子供だった奥様は、周りを見返すためにも、そうしなければならなかったのです。

　家も、クリニックもそうです。旦那様はお医者様で、二人のお嬢様を私立の名門小学校に通わせました。

　家政婦を雇い、お菓子を作る以外家事はほとんど何もせず、お花を活けて家を飾り、ご近所の方も呼んで自慢した。それが奥様の描いていた夢だったのでしょう。

ただ、ひとつだけ計算違いがありました。旦那様が他の女性と次々に浮気をしていったことです。

そういう人だと奥様もわかっていたのでしょう。でも、離婚はできなかった。周囲に笑われるからです。馬鹿にされるからです。

大きな家があっても、外国製の家具を揃え、二台の外車をお持ちになっても、夫婦仲がうまくいっていなかったとわかれば、誰もが薄笑いを浮かべて噂するでしょう。

奥様はそんなことに耐えられる方ではありません。だから、偽りの暮らしを続けるしかなかったのです。

旦那様がクリニックの看護婦に手をつけると、奥様はその人たちを辞めさせました。でも、それでは済まなくなってしまった。感情を抑えることができなくなってしまったのです。プライドを傷つけられた鬱憤《うっぷん》を弱い者に向けるようになりました。

例えば、それは熱帯魚です。旦那様が趣味になさっていたネオンテトラ。

いつの間にか二匹いなくなっていたのは、幸子の勘違いではありませんでした。奥様が一匹ずつ水から出し、殺していたのです。

ネオンテトラだけではありません。旦那様が女性と一緒にいるのを見たり、気づいてしまうと、もう自分の心を抑えようがなくなっていたのでしょう。

旦那様を愛していたからではなく、誰からも羨ましく思われている幸福な暮らしを壊されること、そしてプライドを傷つけられることに怒りと怯えを感じていたのでしょう。

あれは奥様と銀座に歌舞伎を見に行った帰りのことです。奥様に誘われて、大きなホテルのラウンジでお茶を飲みました。看護婦さんを連れた旦那様が通りかかり、微笑みながら話されていました。

今思えば、あの時奥様はすべてわかっていたのでしょう。旦那様と看護婦さんはあのホテルで密会されていた。奥様はそれに気づいていて、だからあのラウンジで旦那様を待っておられたのです。

笑顔でお話しされていましたが、心の中は修羅だったでしょう。家に帰ってから、ささいなことでお嬢様のことをひどくお叱りになりました。奥様はいったいどうされてしまったのかと、お詫びするより心配になってしまったほどです。

奥様の怒りはいつものお優しい奥様を知っている幸子にも信じられないものでした。言葉だけではなく竹のヘラで叩いたり、それはそれは凄まじい折檻を加えたのです。

心の闇をどうすることもできないまま、奥様は暮らしておられました。でも旦那様の女遊びが止む気配は一向にありません。クリニックの看護婦や、他の女性だけでは飽き足らず、とうとう千尋さんにまで手を出したのです。

もしかしたら、旦那様もそれまでの相手とは違う気持ちがあったのかもしれません。他の方は遊びだったけれど、千尋さんに対しては本気だったのではないでしょうか。奥様にもそれがわかったのでしょう。

怒り、屈辱、自分よりはるかに若い娘に自分の夫を奪われるかもしれない不安、幸福な家庭が崩れてしまう恐怖。あらゆる感情が奥様を襲ったでしょう。耐えられなくなった奥様が何をしたのか。

あれはクリスマスの日でした。クリスマスは家族が揃って幸せな時を過ごす一日です。奥様と旦那様とお嬢様たちが一緒に過ごさなければならない特別な日なのです。

しかも、二十五日はお嬢様方のピアノの発表会でした。絶対にその日だけは旦那様が家にいなければならない。そう考えておられたはずです。

でも、旦那様は発表会にいらっしゃいませんでした。急患が出たとか、お仕事が忙しいとか、それが言い訳なのは奥様にもすぐにわかったでしょう。

そして、それ以上にショックだったのは、千尋さんも発表会に来なかったことです。旦那様は奥様より、お嬢様方より、千尋さんと一緒にクリスマスを過ごされることを選んだのです。さすがにクリスマスディナーに間に合うようにお帰りになられましたが、それまでは千尋さんといたのです。

奥様の心をどれほど暗い影が覆ったか、幸子には想像もつきません。発表会の会場には他の親子もいらっしゃいましたから、そこでは耐えるしかありませんでした。だから家に帰った時、感情が爆発したのです。

誰にもわからなかったささいなミスを許せないとおっしゃり、お嬢様方に酷い折檻を加えました。見ていて怖くなるほどの凄まじさでした。

あの時幸子は必死にお止めしましたが、奥様の気持ちを鎮めることはできませんでした。何もかもが許せなくなっていたのでしょう。血を見ずにいられなくなっていたのです。

マロンを手にかけたのは奥様です。旦那様が愛し、可愛がっておられたマロン。一番身近にいる、最も弱い者。

真夜中、奥様が何をしたのか、想像するのもおぞましいことです。奥様はマロンにおやつをあげるふりをして近くに呼び、いつものように抱き上げ、そのまま首を絞めて殺したのか、それともナイフで喉をかき切ったのか。考えただけで、全身の血が凍るようです。

それから奥様はどうされたのでしょう。マロンを庭に埋めたことはわかっています。本人もそれを認めています。

いいえ、待ってください。翌朝、幸子が起き出すと、お嬢様方がシチューを煮込んでおられました。幸子もいただきました。とても美味しいシチューでした。

あのシチューは幸子が作ったのではありません。深夜、奥様が作られたのです。でも、その材料は？

幸子は口に手を当てました。吐き気がこみ上げてきたのです。そうです、あの時家の冷蔵庫にあったのは、七面鳥のローストだけでした。他の肉は全部捨てたのです。

指の間から、とめどもなく胃の中のものが吐き出されていきました。あの時、奥様はキッチンでマロンの肉を細かく切り刻んだのです。そしてシチューにして家族全員に食べさせたのです。

復讐ということだったのでしょうか。旦那様がそれとは知らずに、可愛がっているマロンの肉を食べているところを見て、微笑まれていたのでしょうか。

目を上げると、奥様が座ったまま、顔を天井に向けておられました。口の中でぶつぶつと何かつぶやいておられます。目は虚ろで、何を見ているのかまるでわかりません。

「……ごめんね、ごめんなさいね」

奥様は泣いておられました。涙があふれ、頬を濡らしています。

「悪いことをしてしまった。あの子には申し訳ないことを……ごめんなさいね、許してね……」

そっと奥様の腕に触れました。死人のように冷たい腕でした。

「奥様、あの子というのは……マロンのことでしょうか？」

奥様が何度も首を横に振りました。マロンではないのです。

「では梨花様？　それとも結花様ですか？」

違う、と奥様がテーブルに突っ伏して大声で泣きじゃくりました。幸子は落ち着かせるため、背中をさすり続けるしかありませんでした。

どれぐらいそうしていたのかわかりません。顔を横に向けた奥様の口から、名前はないの、とささやく声が漏れ出しました。

「……どういう意味でしょうか」

「名前をつけることもできなかった」奥様が力のない手で何度もテーブルを叩きました。

「あの時は仕方なかった。堕ろすしかなかった。そうしなければならなかった。でも、本当に申し訳ないことを……」

何も言えないまま、幸子は立ち尽くしていました。奥様は過去に妊娠したことがあったのです。それは旦那様と結婚する前のことなのでしょう。

相手のことや事情はわかりませんが、お腹の子を中絶されたのです。その相手とは別れたのでしょう。許されない関係だったのかもしれません。

それが奥様の心に、ずっと罪の意識として残っていたのです。幸せな結婚をして、幸せな家庭を持ち、幸せに暮らす。それだけしか考えられなくなってしまったのは、複雑な生い立ちだけではなく、そういう過去があったからなのでしょう。

そうです、思い出しました。ずっと前、有坂様がこの家にいらしていた頃、お二人の話を聞いてしまったことがあります。あの時、有坂様は確かにこうおっしゃっておられました。

「水子供養をしていない。だから不幸になるのだ」

有坂様の素性はわかりません。でも、おそらくは新興宗教か何かに関係する方だったのでしょう。榊原様のひれ伏すような態度は、信者が教祖に接する時のそれでした。

有坂様は奥様が過去に子供を堕ろしていたことを、何らかの方法で知ったのでしょう。村にもそんな人がいました。拝み屋と呼ばれるような人です。人の弱みにつけこんで、金をせびったり脅したりするような人。

有坂様にとって、奥様を騙すのは簡単だったでしょう。榊原様を通じ、この家に入り込み、言葉巧みに奥様を誘導し、自分だけを信じるようにさせた。

ああいう人はお金だけが目的です。不要になった榊原様を切り捨て、奥様から金を奪い取っていったのでしょう。

奥様は聡いお方です。そんなことは百も承知だったのかもしれません。でも、他にすがる相手はいませんでした。わかっていて、言われるまま金を渡していたのです。

その頃、幸子は急病で倒れた神父様のために、この家を離れていましたから、その後のことはわかりません。二年ぶりに幸子がこの家に戻った時、奥様と有坂様は大変親しいご様子でした。

奥様は有坂様のことを救世主と呼ぶほど心酔しておられました。でも、考えてみると、秋が過ぎた頃からお顔を見ていません。

お金を絞り取るだけ取って、もう用はないと去っていったのでしょうか。それとも、有坂様にも何かあったのでしょうか。

それはわかりません。車の事故でお亡くなりになった旦那様のこともわかりません。本当に事故だったのか、ひき逃げに遭われたのか、幸子は何も知らないのですから、何を言っても憶測に過ぎません。

でも、ひとつだけ確かめなければならないことがあります。手を強く握って、声を振り絞りました。

「宗像先生のアパートに火をつけたのは……奥様なのですか」

奥様は宗像先生がかけてきた電話を盗み聞きしていました。先生は千尋さんの行方を徹底的にお調べになって、真相にあと一歩のところまで迫っておられたのです。

突然愛する者を失ってしまった先生は、警察など及びもつかないほどの執念ですべてを調べていたのですから、何があったのか知るのは時間の問題だったはずです。奥様はそれに気づき、このまま放置しておくと自分の身が危険だと感じたのでしょう。宗像先生はもっと直接的な証拠を握っているのかもしれない。すべて消すしかない。そう考えて、アパートに放火したのではないでしょうか。

奥様は何もおっしゃいませんでした。ただ首を振り続けておられるだけです。目の焦点は合わず、口から涎が大量に垂れていました。

奥様に幸子の声は届いていないのだとわかりました。これ以上、どうすることもできません。朝を待って警察に行き、相談するしかないのでしょう。

*

幸子は部屋に戻り、着替えながら時間を確かめた。朝四時。交番に行った方がいいのか、それとも警察署へ行くべきなのか。疲れていたため、それさえ判断できなくなっていた。

床に直接座り込み、ゆっくり進む時計の針を見つめていると、さまざまな想いが頭を過っていった。何人かの看護婦、自分の前に勤めていた家政婦の雪乃、そして千尋を殺したのは間違いなく奥様なのだ、とつぶやきが漏れた。

宗像によれば、千尋のアパートを見張っていた女がいたという。それも奥様なのだろう。一月十四日の夜、夫に近づかないでくれと千尋に言ったのも奥様だ。二人が何を話したか、それはわからない。だが、千尋の中でもう結論は出ていたのだろう。不倫関係を解消すると決めていたのは、ピアノ教師を辞めたことからも明らかだ。

ご主人と別れますと答えたはずだが、言葉だけでは奥様も納得できなかっただろう。自分の見ている前で、主人に同じことを言うようにと命じたのではないか。千尋としても、その方が良かったはずだ。

そうやって考えると、翌日千尋が広尾の商店街で目撃されていた理由がわかる。彼女は雨宮家を訪れて、はっきり別れを告げようと思ったのだ。真面目な性格だったから、そうやってけじめをつけようとしたのだろう。

千尋が訪ねてくると、奥様は知っていたのだろうか。十五日に雨宮夫婦が外出することになったのは、その前夜急に決まったことだったのを幸子は思い出した。

奥様は千尋と約束していたのかもしれない。だが、外出が決まってもわざと連絡しなかった。夫の不倫相手など、何時間でも待たせておけばいいと思ったのだろう。

千尋は十五日の昼頃、雨宮家を訪れて、夫婦が外出していることを知った。いつ戻ってくるかわからなかったはずだから、そのまま帰ったのだろうか。

だが、それでは奥様はいつ千尋と会ったのかがわからなかった。幸子は夕方まで雨宮夫妻と一緒にいたのだ。帰宅してからは、誰も家を出ていない。十五日の午後以降、千尋を見た者はいなかった。

どういうことなのか。考えようとしたが、頭がぼんやりしてまとまらない。警察へ行くしかないと立ち上がった時、一階の時計がひとつ鳴った。四時半になっていた。

＊

寒い、と幸子は手を握りしめたまま門を押し開いた。かすかに金属のこすれ合う不快な音がした。

疲労のためか、体が思うように動かない。玄関までの小道を、足を引きずるようにしながら歩いた。

何が起きているか、警察に話さなければならない。その一心で雨宮の家を飛び出し、交番に向かったが、巡回中という札がかかっているだけで、誰もいなかった。仕方なく、書き留めたメモを神父に宛てた手紙にして、ポストに投げ入れ、そのまま雨宮家に戻った。始発はまだ走っていない。待つしかなかったが、恐ろしくてとても耐えられなかった。身の回りのものをまとめて、長野へ帰ろうと決めていた。

一月下旬、まだ日の出前だ。吐く息は真っ白だった。玄関の扉を静かに開けて中を覗き込んだが、リビングには誰もいなかった。

奥様、と恐る恐る声をかけてみたが、返事はない。どこへ行ったのだろうかと思ったが、それならそれで良かった。この家から逃げ出すことしか頭になかった。

二階の自分の部屋に上がり、バッグに着替えと財布や預金通帳を詰め込み、家を出る準備をした。どうしてなのかわからないが、全身に鳥肌が立っていた。不安で胸が締め付けられて、苦しいほどだ。

警察に110番した方がいいのだろうか。荷物をまとめながら、そう思った。でも、自分が間違っているのかもしれない。奥様が人を殺していると言っても、誰が信用してくれるだろう。どうすればいいのか。

神父様に相談しよう、と幸子はうなずいた。どうすればいいのか、教えてもらえるだろう。

バッグを掴み、部屋を出た。階段のところに電話台がある。空で覚えていた教会の番号をダイヤルすると、呼び出し音が鳴った。

電話をするような時間ではないが、神父なら起きているはずだ。受話器を握っている指が震えていた。

誰か、何かに見つめられているような気がして、何度も振り返ったが、誰もいなかった。気のせいだ、と受話器を強く握り直した。

呼び出し音が鳴っている。三回、四回、五回。神父は出なかった。どうして、と幸子は指で頰を伝う涙を拭った。どうして出てくれないのですか、神父様。

十回目の音が鳴り止んだ時、ようやくつながる音がした。神父様と呼びかけた幸子の耳に、槇原村聖パウロ教会です、という声が聞こえた。

「ご用件のある方は、お名前と連絡先をおっしゃっていただければ、こちらから連絡させていただきます……」

留守番電話のメッセージだった。神父はいないのだ。幸子は受話器を置いた。どうすればいい。110番するしかないのか。

窓のカーテンの隙間から淡い月の光が射し込んで、廊下を照らしていることに気づいた。周りの様子がはっきり見えた。

バスルームのドアが細く開いているのがわかった。スリッパが挟まっていた。奥様、とつぶやきかけて、違うと幸子は首を振った。スリッパだけではない。まっすぐに伸びたつま先が見えた。

駆け寄ろうとした足が止まった。ドアの隙間から廊下に、どろどろした何かがゆっくりと流れていた。床が真っ赤に染まっている。

そして、バスルームの奥にもう一人倒れているのもわかった。可愛らしいピンクのパジャマ。

足に力が入らなくなり、幸子は尻から床に落ちた。自分の過ちに気づいていた。奥様ではなかった、と震える唇からつぶやきが漏れた。

あの時、宗像からかかってきた電話。盗み聞きをしていたのは奥様だと幸子は信じ込んでいたが、それは間違いだった。宗像のことを単なる家庭教師としか考えていない奥様が、そんなことをするはずがない。

自分と宗像の会話を聞いていたのは、あの娘なのだ。宗像に想いを寄せていたあの娘。宗像を振り向かせるために、千尋を殺したのもあの娘だ。

電話で宗像の話を盗み聞きして、まだ千尋のことを忘れていないと知った。宗像の心が手に入らないとはっきりした以上、むしろその存在は不快で、邪魔だ。だから宗像のアパートに火をつけた。

でも、そんなことできるはずがない、と幸子は溢れ出す涙を拭った。お嬢様はまだ中学生だ。子供だ。子供にできることではないだろう。

後ずさりしていた手が何かに当たった。電話機。受話器を取り上げ、もう一度教会の番号を回した。

耳に当てた受話器から、留守番電話のメッセージが流れている。最後にピーという音が聞こえた。神父様、と幸子はささやいた。

「幸子です。お願いです、庭を――」

息が止まった。背後に誰かがいる。わかっていたが、振り向くことはできなかった。

幸子
低い低い声がした。叫び声を上げ、逃げようとしたが、足が動かなかった。

下を向くと、階段の下から真っ白な手が伸びて、自分の足首を摑んでいるのがわかった。

振り払おうとしたが、鋭い痛みを感じてその場に崩れ落ちた。

動けない。両足首、踝《くるぶし》の上の肉が切られ、そこから血がほとばしっていた。アキレス腱が切断されたのだ。

細い手が伸びて、幸子の手から受話器を取り、そのまま架台に戻した。くすくす、という笑い声。

左右の足首が大きく裂けて、中から白い骨が覗いていた。足の感覚はない。床は水をまいたように血で濡れていた。

助けてくださいと幸子は叫んだが、雨宮の家は川向こうの一軒家で、近くに家はない。誰の耳にも幸子の助けを求める声は届かないだろう。

逃げるしかなかったが、立つことさえできない。ぬるぬると滑る床を膝立ちで進んだが、逃げ場はなかった。

大量の出血で気分が悪くなり、幸子は嘔吐した。血と吐瀉物が混じった不快な臭いに、めまいがした。

肘の力だけで階段に向かった。誰か、誰か助けて。神様、ああ、神様。こんな惨いこと――。

背中に灼いた鉄の棒が突っ込まれる感覚があった。痛くはない。もう痛みは感じなかった。ナイフが何度も体を抉る音がしたが、いつの間にかそれも聞こえなくなった。

幸子は最後の力を振り絞って振り向いた。目の前にいたのは少女だった。楽しそうに見つめている黒い瞳。

幸子は目を見開いた。体は動かない。叫ぼうとしたが、無駄だとわかっていた。

両脇に差し込まれた腕が、自分の体を引きずっていく。少しずつ、バスルームに近づいていく。

突然、何も見えなくなった。最後に聞こえたのは、満足そうに笑っている少女の声だった。

エピローグ　東京

蔭山康則は首を上げて襟元の白いカラーを直した。長野ほどではなかったが、一月末の東京はやはり寒い。着ているのは司祭平服のスータンだけだった。かじかむ指に息を吹きかけながら、家政婦協会で書いてもらった地図を頼りに広尾の街をゆっくり歩いた。

夕方四時、頬に当たる風は冷たかったが、背中に汗が伝っていた。数年前に心筋梗塞で倒れてから、決して体調はいいと言えなかったが、そのせいではない。

胸の内に暗い予感があった。考えていたのは幸子のことだ。

今朝、教会に届いた手紙を読んでいくうちに、前から感じていた不安が現実のものになったのがわかった。あの子を東京へやるべきではなかった。

鋭く切り立った崖の上に、子羊を置き去りにしたも同然だ。過《あやま》ちだった、と歩きながら十字を切った。

これまで、幸子から送られていた手紙を何度も繰り返し読むうち、雨宮家におぞましい何かが棲んでいることに気づいていた。はっきりとその正体が何なのかはわからないが、邪悪で狡猾《こうかつ》な何かだ。わからないからこそ恐ろしい何か。異常なまでに残虐で、触れてはならない魔。

折に触れ、長野に帰ってくるように説いていたが、幸子はうなずかなかった。責任感の強い性格だから、家政婦の仕事を突然辞めるわけにもいかなかったのだろうし、東京で学び、いずれは長野で子供たちの世話をするのが夢だったのもわかっていたから、無理やり連れ戻すことはできなかった。

だが、幸子も薄々気づいていたのだろう。去年の秋頃から、雨宮家での仕事を辞めたいとほのめかすようになっていた。以前から入学を考えていた専門学校の寮に入れるとわかり、年内で雨宮家を辞し、年が明けたら寮生活を始めると聞いて、蔭山も安心していた。

家政婦協会の都合で入寮がひと月ほど遅れると聞いたが、その間に何があるわけでもないだろうと安易に考えていた。それが間違いだった、と蔭山はこめかみを強く指で押さえた。

一昨日の早朝、幸子が教会に電話をかけ、伝言を残していた。最後に〝庭を〟と悲痛な声で言っていたのがわかったが、どういう意味なのか判然としなかった。

何度か雨宮家に連絡したが、誰も出ない。心配になったが、それ以上どうすることもできなかった。

だが、今朝届いていた手紙には、雨宮家の周辺で起きた異常な出来事の背景に、雨宮麗美がいたことがわかったと書いてあった。留守番電話に残っていた幸子の言葉と、手紙の内容が重なった。

麗美の言動にどこか常軌を逸しているところがあるのは、前から蔭山も察していた。幸子からの手紙を読む限り、二人の娘に対する虐待は躾の域を超えていたし、新興宗教にも傾倒していたようだ。精神のバランスが崩れていたのは間違いない。

幸子によれば、雨宮家の周囲で何人もの人間が行方不明になっているという。それに麗美が関与していることに気づいたのだろう。確証はなかったのかもしれない。相談するために蔭山に電話をかけたのだ。

一昨日、幸子の伝言を聞いた段階で気づくべきだった、と蔭山は頭を振った。すぐに長野を出て、東京に向かえばよかった。騒ぎにすれば、何もなかった時に恥を掻くという思いがためらいとなっていたが、悔やんでも悔やみ切れない。

手紙を読んで、何かが起きていることがわかり、そのまま東京に向かった。ただ、絶対とも言い切れない。幸子が何かを勘違いしていたことも、ないとは言えないのだ。

念のために代々木の家政婦協会へ行き、話を聞くことにした。医大生の頃同期だった所長の長谷野に事情を話したが、反応は鈍かった。雨宮家は祖父の代から医者の家系で、蔭山が考えているようなことはありえないと笑うだけだった。

常識で考えればそうかもしれないが、蔭山の直感は違う答えを出していた。幸子の身に何かが起きている。確かめるには雨宮家に行くしかない。

何もないのなら、それでいい。自分の直感が当たっているとも限らなかった。

心配性と笑われて済むなら、それでも構わない。何もないことを祈りながら、蔭山は雨宮家に向かった。

広尾の商店街を抜けると、洋風の家屋が立ち並ぶ一角に出た。三叉路を右に折れ、そのまま歩き続けると次第に家の間隔が空くようになり、やがて細い川に行き当たった。

川向こうに一際大きな洋館が見えた。雨宮家だ。

橋を渡り、雨宮と記されている表札の下にあった呼び鈴を鳴らすと、どなたですかという若い女の声が聞こえた。雨宮家には双子の娘がいるとわかっていたから、どちらかなのだろう。蔭山と申しますとインターフォンに口を近づけた。

「長野の槇原村にある教会で神父を務めております。こちらでお世話になっております花村幸子の保証人なのですが」

ややあって、どうぞという声と共にインターフォンが切れた。蔭山は門を開き、十メートルほどある小道を歩いて玄関の前に立った。

扉をノックしようと手を上げると、きしむような音がして暗い表情の娘が顔を覗かせた。

幸子の手紙を読んでいた蔭山は、それが妹の結花だとすぐにわかった。

「突然、失礼致します。私は花村幸子の――」

幸子は一昨日この家を出ていきました、と娘が小声で言った。

「母がとても怒っていました。挨拶もなしに辞めるなんて、失礼な子だと……」

「辞めた？　では、あの子は……」

いません、と娘が扉を閉めようとした。待ってください、と蔭山は隙間に半身を差し入れた。

「もう少し詳しい話を伺えませんでしょうか。お母様はいらっしゃいますか」

外出しています、と娘が答えた。

「旅行に行ってるんです。しばらく戻らないけど、心配しなくていいと言ってました」

蔭山は小さく息を吐いた。遅かった。間に合わなかった。

誰よりも幸子の性格を知っていた。どんな不平不満があったにせよ、断りもなく辞めるような子ではない。少なくとも蔭山には連絡するはずだ。

間違いなく、幸子は雨宮麗美に殺されたのだろう。そして、麗美はそのまま逃げたに違いない。確信があった。

僅かにあった希望を打ち砕かれ、深い絶望を感じていたが、そうであるならやるべきことはひとつだけだ。この足で警察へ行くしかない。

「……お母様がどちらへ行かれたか、心当たりはありませんか」

念のための質問だったが、さあ、と娘は横を向くだけだった。かすかに黴《かび》のような饐《す》えた臭いが漂った。

この娘に聞いても始まらない、と蔭山は頭を振った。まだ中学生の娘に母親が人殺しだと話すわけにはいかないし、言ったところで意味はないだろう。警察に行って事情を話すしかないのだ。

失礼しますと踵《きびす》を返した靴のつま先が石段に引っ掛かり、よろけて膝が折れた。抱えていたバッグが落ち、数通の封筒がその辺りに散らばった。長野からの列車の中で読み返していた幸子からの手紙だ。

蔭山は手をついて体を起こした。落ちていた手紙を拾い集める様子を娘が見つめている。封筒からはみ出た便箋の文字が目に飛び込んできた。

〝千尋さんは殺され、庭に埋められていました〟

〝お姉様のようになりたいと口癖のように〟

〝プライドを傷つけられた〟

そんな文面が綴られた手紙を揃えていた手が止まった。

〝……十五日の午前中に、広尾の商店街で千尋さんを目撃した人がいたのです〟

幸子の字は大きく、読みやすかった。何度も手紙を読み返していたため、蔭山は前後の事情を記憶していた。

一月十五日は成人式で、祝日だったから、千尋が広尾へ来たのはピアノを教えるためではなかっただろう。雨宮家を訪問するためだったとしか考えられない。

幸子からの最後の手紙には、千尋だけではなく以前に働いていた家政婦やクリニックに勤務していた看護婦たちの行方がわからなくなっていることについて、麗美が関与していると書いてあったが、それは間違いだと気づいた。

雨宮麗美は一月十五日の朝から、夫と幸子と共に外出している。三人が帰宅したのは夕方で、その時既に千尋は姿を消していた。千尋と会っていない麗美に殺せるはずがない。

だが、千尋がこの家を訪れたのは間違いなかった。雨宮夫妻が外出していることは、その時知ったのだろう。

それから千尋はどうしたのか。自分のアパートに戻ったか、それとも、この家で待つことにしたのか。

いずれにしても、一度はこの家に入っただろう。そして、二度と出て行くことはなかった。十五日の午後以降、彼女の姿を見た者はいない。

蔭山は広い庭に目を向けた。考えられる結論はひとつしかなかった。千尋はこの家で殺され、庭に埋められたのだ。

最後に千尋に会った者は、彼女が雨宮家に来たことを誰にも話していない。なぜ隠したのか。言えば、自分が疑われるとわかっていたからだ。つまり、千尋を殺したのは――。

落ち着け、と蔭山は頭を振った。千尋がこの家を訪れた時、出迎えたのは双子の姉妹だった。まだ小学生だったはずだ。そんな子供に十歳以上年上の大人を殺せるはずがない。だいたい、動機がないだろう。

握りしめていた手紙に目をやった。〝考えている宗像先生の横顔をじっと見つめている時〟という一文の後に、大きな字でこう書かれていた。

〝梨花様は息が止まるぐらい真剣なまなざしになります〟

神の啓示だ、と蔭山はつぶやいた。いつでも、神は正しい答えを教えてくださる。偶然ではない、と十字を切った。

姉妹の姉、雨宮梨花には千尋を殺す動機があった。梨花には父親に対する強い思慕があった。ファザーコンプレックス。

それが関係しているかはわからなかったが、年上の男性に魅かれる性格だったのは確かだ。梨花が想いを寄せていたのは、家庭教師の宗像だった。夢中だったことは、幸子からの手紙に何度も書かれていた。

だが、宗像には交際している女性がいた。ピアノを教えていた小柳千尋だ。梨花にとって、千尋は誰よりも邪魔な存在だった。

排除する以外、宗像の目が自分に向くことはない。それがわかったから、千尋を殺したのだろう。小学六年生の娘でも、油断している女性が相手なら、背後から鈍器で殴りつけることもできたはずだ。千尋は梨花の中にあった憎悪や殺意に気づいているはずもない、相手が少女だから、招かれて家に入った。心を許している状況だからこそ殺すことができたのだ。

だが、そこまでしても、宗像に気持ちは通じなかった。それどころか、千尋への想いを貫き、忘れるどころか千尋の行方を捜すために必死になっていた。

家庭でも、学校でも女王として誰からも愛されていた梨花。何もかも、望めば手に入れることができた。

ただ一人、意に添わなかった男。それが梨花が何よりも欲していた男、宗像だった。梨花は宗像を憎んだだろう。どれだけどす暗い怒りの炎を燃やしただろう。

手に入らないのなら、殺してしまった方がせいせいする。だから宗像のアパートに火をつけた。

そうだったのか、と蔭山は左右に目をやった。千尋はこの庭のどこかに埋められている。千尋だけではない。その他の娘たちも、そして幸子も。彼女たちを殺したのは梨花なのだ。

「結花さん、お姉さんの梨花さんは、今どこに――」

背後でかすかな笑い声がした。振り向こうとした時、首筋に何かが刺さった。

痛みはなかったが、いきなり視界がぼやけた。何が起きているのか。鼻孔に悪臭が充満する。

細かく痙攣を繰り返す瞼の奥で、眼球が最後に捕えたのは幸子の手紙だった。

〝結花様も梨花様を尊敬し、お姉さまのようになりたいと――〟

そうだったのか、と嗄れた声が乾いた唇から漏れた。瞼が落ち、何も見えなくなった。

耳元でささやく声がした。

「あたし、リカよ」

本書は「ＰＯＮＴＯＯＮ」（２０１６年5月号〜２０１６年8月号）の連載に加筆・修正した文庫オリジナルです。

リバース

五十嵐貴久《いがらしたかひさ》

平成28年10月10日　初版発行
令和3年2月20日　7版発行

発行人――石原正康
編集人――袖山満一子
発行所――株式会社幻冬舎
〒151-0051東京都渋谷区千駄ヶ谷4-9-7
電話　03(5411)6222(営業)
03(5411)6211(編集)
振替00120-8-767643
印刷・製本―図書印刷株式会社
装丁者――高橋雅之

幻冬舎文庫

ISBN978-4-344-42527-9　C0193　い-18-13

幻冬舎ホームページアドレス　https://www.gentosha.co.jp/
この本に関するご意見・ご感想をメールでお寄せいただく場合は、
comment@gentosha.co.jpまで。